COLLECTION FOLIO

René Belletto

Ville de la peur

ÉDITION REVUE
PAR L'AUTEUR

P.O.L

René Belletto est né à Lyon en 1945. Après des études de lettres, il publie son premier livre, un recueil de nouvelles, *Le temps mort* (prix Jean Ray 1974 de littérature fantastique). Il devient un auteur à succès quelques années plus tard avec des romans comme *Le Revenant* (prix de l'Été VSD-RMC 1981), *Sur la terre comme au ciel* (Grand Prix de littérature policière 1983, adapté au cinéma sous le titre *Péril en la demeure*), *L'enfer* (prix Femina, prix du Livre Inter et Gutenberg du meilleur suspense 1986), ou *La machine*, un thriller également porté à l'écran.

Parallèlement à ses romans, René Belletto développe une œuvre plus discrète et plus secrète : aphorismes, poèmes, un essai sur Charles Dickens, etc.

Coda (2005) est son dernier roman publié.

Pip, cher vieux camarade, la vie est faite de je ne sais combien de séparations soudées ensemble, si j'ose dire (...).

CHARLES DICKENS,
Les Grandes Espérances

Cet accompagnement était si beau en soi qu'aucune voix principale n'aurait pu ajouter au plaisir que j'y éprouvais.

ERNST LUDWIG GERBER,
Lexique historique et
biographie des musiciens

PREMIÈRE PARTIE

1

— J'aimais mieux ton ancien appartement, dit Marie Livia-Marcos.

Elle n'aurait su expliquer pourquoi, ni pourquoi elle en parlait maintenant. Peut-être parce qu'elle était maussade depuis le matin. Peut-être par pressentiment de l'horreur qui allait bientôt se déchaîner. Et parce qu'une partie d'elle-même préférait avant, et avant, et encore avant.

Marie était une belle femme brune d'une trentaine d'années, aux longs cheveux lisses, au visage émouvant, toujours un peu triste.

Elle se maquillait dans la salle de bains. Elle n'était pas encore habillée.

— Donato ?

— Oui ? répondit une voix d'homme de la pièce voisine.

— Tu as entendu ce que j'ai dit ?

— Non.

— Je disais que j'aimais mieux ton ancien appartement. Tu t'étais rendormi ?

– Non. J'étais distrait. Moi, je préfère le nouveau. Plus grand, plus chic. Tu as vu la salle de bains ? (Après un silence :) Elle est plus grande que les deux pièces où j'ai été élevé. La baignoire est plus grande. Mon père n'a pas toujours été P-DG, tu sais. Enfin non, tu ne sais pas. En plus, c'était sale. Petit et sale, une vraie prison.

Il parlait avec un léger accent italien.

Marie apparut à la porte de la chambre. Donato ne lui avait encore jamais fait ce genre de confidence.

– Qu'est-ce que tu es jolie ! lui dit-il.

Il était resté au lit. Il fumait, il avait déjà fumé quatre cigarettes. Il était brun, plutôt séduisant, un peu trop gras. Il avait parfois quelque chose de glacé et de faux dans le regard, mais, avait-elle remarqué, jamais quand il la regardait.

Elle montra le cendrier.

– Tu as déjà fumé tout ça ? Tu es fou ! C'est de pire en pire. Arrête !

– Trop tard. Le poumon est atteint. (Elle haussa les épaules.) Si, si, l'autopsie le prouvera.

Il lui sourit. Il hésita à parler, puis il se décida :

– Dommage que tu fasses ce métier, ma chérie.

Était-ce une simple constatation, ou un regret définitif ? Ou une sorte de lointaine proposition, comme s'il était encore temps de changer les choses ? Ils se posèrent la question tous les deux. Donato Gellemi pensait souvent qu'il n'avait jamais aimé personne, ni parents, ni femmes, ni amis.

14

Seule Marie Livia-Marcos avait éveillé en lui un sentiment qui ressemblait à de la tendresse, et qui survivait au plaisir sensuel.

Marie sentait cette tendresse. Elle n'y était pas indifférente.

Ils se connaissaient depuis trois ans et demi. Ils se voyaient régulièrement, au moins deux fois par mois.

— Et toi, dommage que tu fasses le tien, dit Marie.

Il faillit être effrayé. Elle était vraiment très maligne, très fine, pensa-t-il, c'était incroyable.

— Quoi ? L'entreprise de mon père ?

— Je ne sais pas quoi. Mais je suis sûre que c'est dommage…

Il renonça à protester davantage. Peu importait. Ils furent gênés l'un et l'autre.

— Je m'habille et j'y vais, dit Marie en retournant à la salle de bains.

Il admira ses jambes.

— Prends ton temps, dit-il.

L'argent reçu chaque mois de son père ne lui aurait certes pas permis de mener le train de vie qu'il menait. Pourtant, c'était une somme confortable. Et versée pour un emploi factice. Il ne mettait pas les pieds au bureau, il ne faisait même pas semblant de s'intéresser aux affaires paternelles. Mais c'était trop peu pour lui, beaucoup trop peu. Son désir d'argent, il en avait conscience, n'avait rien à voir avec ses besoins réels, ce désir était insatiable, infini, maladif.

Il se leva. La chambre était en désordre. Il trouva un peignoir presque par hasard et le passa.

D'un portefeuille posé sur une cheminée en marbre, au milieu d'objets les plus divers, il tira une liasse de billets de cinq cents francs et la posa sur la télévision. Il se fit mal au gros orteil en donnant un coup de pied involontaire dans une cassette vidéo. Quelques cassettes étaient rangées à côté du magnétoscope, d'autres éparpillées sur la moquette brune.

La femme de ménage venait le lendemain matin. Il était temps.

Il alluma une nouvelle cigarette et sortit sur le balcon. Il s'étira au soleil. Juillet commençait bien, la journée était superbe. L'appartement, au sixième étage, donnait sur la place du Maréchal Lyautey, envahie par les joueurs de boules, et, à gauche de la place, sur le pont Morand et sur le Rhône. On voyait bien le fleuve filer vers le sud, vers la mer, rapide et puissant, de même qu'on voyait bien, plus à gauche, la lenteur et la douceur de la Saône, entourant d'une boucle parfaite la colline de Fourvière. Au loin s'élevaient les hauteurs de la Croix-Rousse, toutes vertes en cette saison, reposantes à regarder.

Donato Gellemi s'accouda au balcon. Il fit tomber la cendre de sa cigarette dans le vide et en suivit la chute des yeux, aussi longtemps qu'il put. Il remarqua alors une voiture blanche qui venait du quai de Serbie. Elle roulait lentement. En tout cas, elle aurait pu rouler plus vite. Et il reconnut une Mercedes. Il fit un pas en arrière. Il réfléchit. Puis il prit une décision. La bonne ? Il n'en voyait pas d'autre, le risque était trop grand.

Il rentra dans la chambre, aspira une dernière bouffée avant d'éteindre la cigarette. Puis il se baissa et ramassa une cassette, une cassette bien précise, apparemment neuve, encore fermée par un voile de plastique.

Marie sortit de la salle de bains, vêtue d'une robe rouge. Elle mit très naturellement les billets dans son sac. Donato lui tendit aussitôt la cassette.

– Tiens, un film policier pour ton fils. Il va adorer.

Elle prit la cassette, regarda la photo et le titre : *To Live and Die in L.A.*, de William Friedkin. À plusieurs reprises, Donato avait déjà prêté des cassettes à Marie pour David, son fils, plutôt des films pour enfants.

– C'est en version originale, mais tu m'as dit qu'il comprenait bien l'anglais.

– Ce n'est pas trop violent ?

– Un peu. Ne t'inquiète pas, il en voit d'autres à la télé. Je t'assure que ça va lui plaire.

– D'accord.

Elle mit la cassette dans son sac.

– *L.A.*, en américain, ça veut dire Lyon, lui dit-il. *Vivre et mourir à Lyon*, c'est le titre.

Elle se rendit compte que Donato était soudain anxieux, comme s'il était pressé d'être seul, et que son ton de légèreté sonnait faux.

– Quelque chose ne va pas ?

– Non, tout va bien. (Il baissa les yeux.) Il faut quand même que je te dise une fois que je t'aime beaucoup.

Elle attribua sa nervosité à cette déclaration. Elle fut touchée.

– Moi aussi, dit-elle.

2

Marie sortit de l'immeuble de Donato, un très bel immeuble ancien, mais qui avait besoin d'être rénové – et qui d'ailleurs le serait bientôt, début septembre, comme l'annonçait un écriteau posé par une entreprise de maçonnerie.

Elle se dirigea vers sa voiture.

Elle se trouva derrière une vieille femme qui promenait un chien minuscule au bout d'une laisse.

– Marie-Louise ! s'écria soudain quelqu'un derrière Marie.

Marie sursauta et se retourna, avant Marie-Louise, la maîtresse du chien, mais le premier à s'être retourné, yeux exorbités et oreilles dressées, c'était le chien. Comme si c'était lui qui s'appelait Marie-Louise, se dit Marie, amusée. Mais elle avait le cœur encore battant d'avoir cru entendre son nom crié dans la rue, et elle prit davantage conscience de son état de léger malaise. Elle se sentait mal depuis qu'elle s'était levée. La brusque arrivée de la chaleur, peut-être. Ou un changement de lune. Son amie Anna l'avait convaincue de l'importance des changements de lune.

Elle vérifierait sur le calendrier.

Sa voiture, une Lancia blanche d'un modèle ancien, était garée sur la place, presque à l'angle du cours Franklin Roosevelt.

Elle prit la rue Godefroy, arriva à l'église anglicane, descendit la rue Duquesne jusqu'au boulevard des Belges et pénétra dans le parc de la Tête d'Or.

Elle fit cent mètres à gauche dans l'allée de ceinture et se gara devant un petit immeuble, plutôt une grosse maison bourgeoise divisée en appartements.

Elle s'approcha de l'appartement du rez-de-chaussée. Elle entendit du bruit à l'intérieur. Elle sonna.

— David, c'est moi ! dit-elle à voix haute.

3

Donato Gellemi ferma sa porte et s'engagea dans l'escalier.

S'il se trompait, il en serait quitte pour une heure d'angoisse. S'il ne se trompait pas... Il préférait ne pas y penser. En tout cas, ils ne trouveraient rien dans l'appartement, ni sur lui, ni dans sa voiture. Mais peut-être avaient-ils des preuves ? Il voyait mal comment, mais... Il s'en voulut infiniment. Fallait-il qu'il soit fou pour avoir travaillé avec ces fous, et plus fou encore pour les avoir trompés – dans l'espoir d'une petite fortune, il est vrai –, fou et suicidaire, vraiment, il n'y avait pas d'autre explication !

Personne dans l'ascenseur. Il s'arrêta une seconde : aucun bruit dans l'escalier.

L'ascenseur se mit soudain en branle. Il guetta, couvert de sueur. Mais l'ascenseur s'arrêta au quatrième, à un demi-étage de lui, bruits de clé, de porte, c'étaient les locataires du quatrième droite.

Il continua sa descente silencieuse. Il arriva au

rez-de-chaussée, ralentit. Personne. Personne dans l'entrée, personne sur le trottoir.

Il hésita.

Il se décida et se dirigea vers la porte de derrière. Elle donnait sur une cour. De là, il pourrait accéder à l'immeuble voisin, et fuir, et se dire bientôt qu'il avait eu peur pour rien, qu'il y avait d'autres Mercedes blanches.

Plus que cette porte à ouvrir. Il l'ouvrit.

Ils l'attendaient dans la cour.

Ils étaient deux, André, petit, trapu, couvert de poils, la tête aussi grosse que le torse, un énorme nez et les oreilles décollées, un véritable monstre, et − la terreur de Donato fut sans limites − Dieudonné lui-même, le patron, un blond immense et sans âge, les cheveux longs comme ceux d'une femme, un regard de fauve sans pitié, Dieudonné Bornkagen le fou et son insupportable odeur de parfum. Ils étaient armés, André d'une barre de fer, Dieudonné d'un coup-de-poing américain volumineux, noir, orné de vilains reliefs contondants.

André et Dieudonné travaillaient toujours ensemble. Ils étaient du genre à ôter quatre-vingt-quinze pour cent de la vie de leurs victimes, leur laissant les cinq pour cent nécessaires à la réponse aux questions qu'ils leur posaient, avant de ramener ces cinq pour cent à zéro pour cent, d'un coup d'ailleurs susceptible d'en emporter trente-cinq.

Il y eut un moment de silence et d'immobilité.

Mais cela ne dura pas, oh ! non, cela ne dura pas.

Les premiers coups furent terribles.

– On va aller tranquillement discuter chez toi, dit ensuite André d'une voix aiguë, presque féminine.

4

Un enfant brun d'environ six ans ouvrit la porte. Il ressemblait beaucoup à sa mère, les cheveux, le joli nez droit, et même la tristesse dans le regard, une ombre de gravité mélancolique, parfois.

Ils s'embrassèrent.

— Anna n'est pas là ?

— Non, dit David.

Ils firent trois pas dans un couloir et entrèrent dans une salle de séjour où les livres, les disques et une chaîne haute-fidélité avec des enceintes acoustiques de forme colonne occupaient une part notable de l'espace.

— Elle m'a laissé un mot. (David désigna une feuille de papier sur une table basse.) Elle est allée au marché avant que je sois réveillé et, après le marché, elle a des courses à faire, c'est marqué…

Marie l'embrassa encore. Il était trop attendrissant. Elle s'assit sur le canapé et l'attira près d'elle. Elle se sentait toujours en paix, chez Anna. Par la grande baie vitrée, on ne voyait que des arbres et du ciel. Anna Nova faisait partie de ces Lyonnais privilégiés du boulevard des Belges dont les fenêtres donnent sur le parc de la Tête d'Or et qui ont l'illusion de la nature en pleine ville, illusion complète à la tombée de la nuit lorsque parvenaient du zoo lointain des cris de bêtes furieux ou déchirants.

— Je ne peux pas m'arrêter, mon chéri. Il faut que je reparte tout de suite à Saint-Étienne. Mais j'avais envie de te faire un gros baiser. À partir de demain, je serai plus tranquille et je te ramène à la maison, d'accord ?

— D'accord, dit David, dont le regard brilla.

Sa joie fit mal à Marie. Elle en avait assez de mentir à son fils. Mais elle allait s'arrêter bientôt, en tout cas réduire encore le nombre de ses clients. À un seul ? À Donato Gellemi ? Elle était embarrassée, tentée, et réticente. Elle s'était juré, après son divorce, qu'elle ne se lierait plus jamais à un homme. Et quelque chose ne lui plaisait pas complètement en Donato. Que faire ? Elle se dit qu'elle en parlerait à Anna, une fois de plus.

Elle regarda l'heure à sa montre, celle qui avait des chiffres romains. Elle devait être à Saint-Étienne pour déjeuner et passer l'après-midi (et peut-être la nuit) avec un médecin généticien russe en tournée de conférences, prix Nobel, grand amateur de femmes, qui faisait toujours signe à Marie quand il était en France. L'année dernière, il l'avait fait venir à Paris. Il lui avait dit un jour qu'il ne revoyait jamais deux fois la même femme, sauf elle. Quelques mois après sa première rencontre avec Marie, des années auparavant, il lui avait téléphoné un soir de Tachkent, en Ouzbékistan, simplement pour lui dire bonjour et prendre de ses nouvelles.

Elle soupira.

Elle sortit la cassette de son sac, *To Live and Die in L.A.*

— Tiens, un ami m'a prêté ça pour toi ce matin.

David prit la cassette et l'examina tout en se pelotonnant davantage contre sa mère.

— Je l'ai déjà vu à la télé, dit-il. Oui, je l'ai déjà vu !

— Ah bon ? Tout seul ?

— Oui. Qu'est-ce que c'était bien ! Je le regarderai avec Anna ce soir, si elle veut.

— Elle voudra sûrement. Tu n'as pas trop chaud ?

— Pas trop chaud, dit-il drôlement.

La chaleur était un peu moins accablante à la lisière de l'immense parc. David posa la cassette sur la table basse, où étaient éparpillées des revues d'astronomie. Marie l'embrassa sur les cheveux si fort qu'il rit. Elle fut submergée d'émotion. Elle eut peur d'avoir fait à David plus de mal qu'elle ne pensait en l'élevant ainsi, en l'abandonnant la moitié du temps. Heureusement qu'Anna était une amie parfaite, sur qui elle pouvait compter. Et qui s'était occupée de la scolarité de David, lui avait appris l'anglais, et lui avait donné le goût de la musique.

Marie attendait le mois d'août avec impatience. Elle partirait en vacances avec son fils, et elle prendrait une décision radicale à la rentrée.

Elle se leva.

– Demain, on est ensemble, dit-elle à David. Tu diras à Anna que je suis passée et que je l'appellerai, d'accord ?

– Dac, dac, dac, dac ! fit-il avec un geste de tireur de mitraillette.

Elle rit.

Quelle chance d'avoir David, se dit-elle, quelle chance !

5

Dieudonné et André avaient transformé Donato Gellemi en une créature de cauchemar. Ils s'étaient acharnés sur son visage, qui ne ressemblait plus à un visage.

Il était presque aveugle.

Donato n'avait pas parlé. Il avait été courageux.

Pourtant, il finit par parler, mais personne au monde n'aurait pu le lui reprocher.

Dans la nuit de souffrance où il se trouvait, il crut voir que Dieudonné levait encore le poing…. Assez, mon Dieu, assez ! L'instinct de vivre, un reste d'espoir l'emportèrent.

– C'est une pute qui l'a, dit-il dans un souffle, en déformant les syllabes.

Dieudonné remit à un peu plus tard son coup mortel.

S'il avait pu, si son corps martyrisé le lui avait permis, Donato Gellemi aurait pleuré.

6

Marie traversa le centre de Lyon de fleuve à fleuve. Arrivée au pont La Feuillée, elle prit le quai de la Pêcherie, puis, dans son prolongement, le quai Saint Antoine. C'est là qu'elle habitait, au 8, face à la Saône et à la colline de Fourvière.

Une place se libéra devant son immeuble au moment même où elle arrivait. Elle se gara. Un jeune homme l'observait du trottoir d'en face. Il avait des allures de petit voyou, de ceux qui arrachent les sacs à main des femmes. Or, traversant le quai en trois enjambées, il tenta en effet de lui voler son sac. Elle ne lâcha pas prise, par pur réflexe. De plus, un monsieur assez âgé qui passait tout près intervint courageusement, il tira l'agresseur en arrière par le col de son blouson. Surpris et déséquilibré, le voyou se retourna et se libéra du vieux monsieur en le poussant aux épaules de toutes ses forces.

Marie avait crié, des gens s'approchaient. C'était raté pour le vol, le voyou renonça. Il s'enfuit à toute vitesse et disparut dans l'étroit passage couvert qui relie le quai Saint Antoine à la rue Mercière.

Le vieux monsieur recula sur toute la largeur du trottoir, menaçant à chaque instant de tomber et faisant avec les bras des moulinets frénétiques. Finalement, il se retrouva assis sur le capot de la Lancia, et aussitôt se releva d'un air digne.

Marie était accourue.

— Vous n'avez rien ? lui dit-elle. Il vous a fait mal ?

— Non, ça va. Je vous assure !

— En tout cas, merci, merci beaucoup ! Je ne sais pas comment vous remercier.

Il regarda mieux cette jolie femme. Il était fier de lui, fier de lui avoir porté secours. Et un peu triste à l'idée que les femmes, c'était fini pour lui. Comme le lui avait dit récemment son meilleur ami, un fleuriste en retraite qui avait le même âge que lui, bientôt le terminus.

Marie entra chez elle. Elle hésita, ferma sa porte à clé.

Elle habitait, au sixième et dernier étage de son immeuble, un bel appartement malcommode (mais qui avait le charme du malcommode) dont les quatre grandes pièces se suivaient à la queue leu leu avec de légers décalages. La pièce de devant, accueillante, confortable, donnait sur le quai Saint Antoine par trois hautes fenêtres. Les poutres du plafond et de nombreux meubles luisaient de cire régulièrement passée. Le seul objet neuf de la pièce était un piano d'étude Ernst Maïmer, acheté récemment pour David et choisi par Anna.

À la rentrée, David s'inscrirait au conservatoire.

Marie prit rapidement connaissance de son courrier et de ses messages téléphoniques, puis elle s'assit dans un fauteuil. Elle avait besoin de se reposer cinq minutes avant de repartir. L'incident du voleur l'avait contrariée. Quai Saint Antoine, où il ne se passait jamais rien ! Et en plein jour, en pleine matinée !

Un coup de fil surprise à David, une cigarette et une bonne douche, et elle se sentirait mieux.

Elle sortit une cigarette de son sac.

De son fauteuil, elle voyait les pièces en enfilade, jusqu'à sa chambre.

Elle téléphona.

Au fond de l'appartement, par la porte-fenêtre de sa chambre, elle aperçut un homme qui marchait sur les toits. Elle le remarqua, sans attention particulière, un peu plus pourtant qu'elle ne l'aurait remarqué un autre jour. Peut-être y aurait-il bientôt des travaux, des tuiles à remplacer, elle en avait vaguement entendu parler.

— David ? C'est maman. Anna n'est pas encore là ?

— Non, pas encore.

— Je suis passée à la maison avant de partir. J'en profite pour te faire encore un gros baiser.

— Moi aussi.

– Qu'est-ce que tu fais ?

– Un gros baiser à maman !

– Bravo ! Tu es malin comme un singe. On voit bien que tu habites au parc…

Il rit de bon cœur.

– Alors, qu'est-ce que tu fais ?

– Je lis.

Soudain, l'homme qu'elle avait vu se trouva sur le petit balcon de sa chambre, comme tombant du ciel. Il était immense. Il occupait tout l'espace de la porte-fenêtre, il avait de longs cheveux blonds.

Elle ne pensa qu'à David. Si la terrible hypothèse qui venait de prendre forme dans son esprit était vraie, David était en danger.

Elle dit d'une voix sans réplique :

– David, écoute-moi bien ! Tu vas sortir de chez Anna tout de suite et aller à la police rue Sully, tu sais, le commissariat ? Tout de suite ! Juré ?

L'homme tentait d'ouvrir la porte-fenêtre en poussant de l'épaule. Marie faisait comme si elle ne l'avait pas encore vu, elle essayait de paraître naturelle, de donner l'impression qu'elle passait un coup de fil ordinaire.

– Juré ! Mais pourquoi, maman, pourquoi ? dit anxieusement David.

– La cassette que je t'ai apportée, il y a des gens qui la cherchent. Ils peuvent te faire du mal. Tu le diras à la police. Va-t'en, va-t'en !

Un fracas de vitres brisées la fit sursauter.

L'homme défonçait la vitre de la porte-fenêtre à coups de poing.

– Je t'embrasse, mon chéri. Va vite, vite !

Elle raccrocha.

L'homme avait passé son bras à l'intérieur et ouvrait la porte-fenêtre.

Marie voulut appeler police-secours.

Tentative dérisoire. En quatre pas, stupéfiants de vélocité de la part d'un être aussi massif, Dieudonné Bornkagen fut sur elle et lui arracha le téléphone des mains.

Elle crut qu'elle allait s'évanouir.

– Il n'y a pas d'argent à voler. Laissez-moi, partez ! Qu'est-ce que vous voulez ?

– Ce que vous a donné Gellemi, dit Dieudonné à voix basse.

Elle sentit une forte odeur de parfum. Elle vit le coup-de-poing américain qu'il portait à la main droite. Elle eut peur de mourir, peur de ne plus revoir David. Elle en voulut de tout son être à cet homme.

Que dire ? Qu'elle avait perdu l'objet en route ? Inventer une adresse où elle l'aurait déposé ?

Quel regard impitoyable ! L'homme émettait des ondes mauvaises, qui tuaient l'espoir, qui déjà s'en prenaient à sa vie.

Elle voulut hurler.

Dieudonné leva le bras et la frappa au visage.

Accomplissant son œuvre de violence, et s'étonnant de la résistance farouche de Marie, il se demanda si elle n'était pas dans le coup, contrairement à ce qu'avait dit cet imbécile de Donato. Aucune importance. Personne, et surtout pas une femme, ne pouvait résister à ses traitements. Ce serait bien la première fois. Ou alors, elle protégeait quelqu'un de cher, de très proche ?

Il se piqua au jeu. On allait bien voir qui aurait le dernier mot.

DEUXIÈME PARTIE

7

Michel Rey, vêtu d'un peignoir blanc, joua les dernières mesures de la fugue de la *Deuxième suite* pour luth de Bach, celle des quatre qu'il préférait. Et, dans cette *Deuxième suite*, il aimait particulièrement la fugue. Hélas, cette pièce était absente (ainsi que le « double » de la gigue) du manuscrit original, lequel d'ailleurs n'était pas de la main de Bach. Pauvres guitaristes ! Quatre petites *Suites* à jouer, et la première, la seule écrite pour le luth, était d'authenticité douteuse, le cas de la deuxième n'était pas complètement clair, la troisième et la quatrième étaient transcrites du violoncelle et du violon et avaient bien du mal à ne pas être écrasées par leurs modèles – et rien, calligraphiquement parlant, n'était de la main de Bach, et de plus tout était transcrit du luth pour la guitare, de dix ou quatorze cordes pour six !

Une catastrophe.

Instrument sans répertoire.

Et instrument injouable. Combien de guitaristes

au monde pouvaient jouer cette fugue de telle manière qu'un auditeur écoute en paix la musique sans être gêné jusqu'au sursaut par diverses imperfections sonores plus ou moins grinçantes et explosives ?

Moins de la moitié d'un.

Parmi eux, le célèbre Gérard Roy, que Michel avait rencontré chez Alexandre Boyadjian, le luthier, en même temps qu'un certain David Aurphet, un guitariste brun, doux et séduisant, dont Michel avait trouvé qu'il lui ressemblait un peu, et qui s'était plutôt bien tiré de sa petite exhibition chez Boyadjian – mais pas mieux que lui, Michel, non, pas mieux.

Instrument décevant. Mais Michel, même déçu en tant que mélomane, et même s'il n'écoutait plus que rarement des disques de guitare, en était resté amoureux, épris physiquement, avide chaque jour de voir et de toucher une guitare.

Surtout depuis qu'il s'était mis à en fabriquer.

Sa première vraie guitare datait d'un an. C'était une copie de l'Ignacio Loyola qu'il possédait depuis ses vingt-deux ans. Bien sûr, il n'avait pas égalé le prestigieux modèle, mais il avait réussi une guitare correcte et surtout originale, une guitare qui portait sa marque.

Pas très équilibrée, sans doute. Des notes graves un peu lourdes. La corde du *mi* aigu qui avait tendance à sonner creux aux septième et huitième cases. Mais ces défauts avaient presque disparu avec les deux guitares suivantes, quelques mois plus tard. Boyadjian avait accepté de les prendre en dépôt dans son atelier, et elles s'étaient vendues.

La quatrième guitare de Michel Rey, celle sur laquelle il venait de jouer, était, elle, un très bon instrument.

Pas question, cependant, de quitter la police pour vivre de son travail de lutherie. Trop tôt. Il aurait fallu fabriquer et surtout vendre assez de guitares pour assurer la relève financière. Mais pour en fabriquer assez, il aurait fallu du temps, donc ne plus être dans la police, c'est-à-dire avoir de l'argent de côté. Mais comment mettre de l'argent de côté ? Car dans la police on est chargé d'argent comme un crapaud de plumes, lui avait dit récemment Morphée, qui avait appris l'expression dans un dictionnaire des locutions qu'il venait d'offrir à son neveu.

Néanmoins, Michel en était convaincu, le moment viendrait.

Il rangea la guitare dans son étui noir rigide. En allant à la salle de bains, il jeta un coup d'œil à Saint-Thomas, qui se léchait le museau avec la plus grande énergie. Il avait grossi, il était trop gourmand, Michel était trop faible avec lui.

– Ça y est, Saint-Thomas, on a mangé son manger ?

Sous l'effet de la voix familière et amicale, le chat ferma les yeux et se frotta contre un pied de chaise, puis il reprit sa gymnastique de la langue, à la fois toilette et signe de satisfaction.

Michel savoura lui-même une douche bienfaisante, qui calma momentanément la sensation de dépression légère mais sournoise tapie au fond de lui depuis que Nadia était à Paris. Il n'avait dormi que trois heures, après une nuit de travail agitée et épuisante. Mais l'affaire était réglée, Morphée et lui avaient fait du bon travail. Les deux garagistes du grand garage Alfa Roméo de Montchat, le jeune et le vieux, étaient sous les verrous, et le viol de la petite Sarah ne resterait pas impuni, comme on avait pu le craindre un moment.

Un coup de séchoir sur ses cheveux bruns aux extrémités bouclées, un peu longs pour des cheveux d'inspecteur de police, puis Michel revint dans la salle de séjour.

Il mit une cassette dans son magnétophone et alluma une cigarette. Tout en fumant, il écouta l'Agnus Dei de la *Messe à cinq voix* de William Byrd, *Vergine bella*, madrigal à cinq voix de Palestrina, *Moro, lasso, al mio duolo*, madrigal à cinq voix, encore, de Gesualdo (au cours duquel il éteignit sa cigarette), puis, par le groupe « Sax à 4 », une transcription pour quatre saxophones du contrepoint IX de *L'art de la fugue*, transcription dont Michel s'était entiché récemment : le son peu coloré du saxophone semblait peu à peu s'effacer en tant que son d'instrument et il ne restait plus que la pure musique, il adorait cette sensation.

Après « Saxe à 4 » vint Moreno, le guitariste manouche. Il jouait *I Love You*, d'un certain Archer, morceau qui mettait en valeur les étonnantes qualités de la chaîne haute-fidélité de Michel.

La musique cessa. Il y eut trente secondes de silence. Puis le téléphone sonna, en tout cas Michel le crut un instant, mais ce n'était pas le téléphone, le bruit venait des enceintes : une symphonie de Bruckner avait été primitivement enregistrée sur la cassette, pendant quelques mesures la musique imitait les notes taraudantes de la sonnerie du téléphone.

Michel était à l'affût des coups de fil de sa sœur Nadia. Nadia passait à Paris l'oral de l'École normale supérieure et l'appelait régulièrement. Elle était partie depuis une dizaine de jours. Elle devait être aujourd'hui en plein dans sa dernière épreuve, l'oral de philosophie.

Il étendit un certain nombre d'habits sur le canapé, pour mieux choisir.

Nadia avait-elle revu Marc Lyon, le fils d'Alain Lyon, son professeur de piano ? Il se reprocha de se poser une fois de plus la question.

Si Nadia réussissait le concours, ce qu'il tenait pour certain, elle devrait s'installer à Paris pour continuer ses études, et Michel redoutait cette séparation.

8

Jamais David n'avait été aussi affolé de toute sa vie de petit garçon.

Pourquoi sa mère avait-elle raccroché si vite ? Pourquoi ne lui avait-elle pas dit : « On se retrouve à la police » ?

Il résista à l'envie de la rappeler. Elle avait dit « tout de suite », et il avait juré. Puis il ne résista pas, il appela.

Pas de réponse.

En route, vite !

Il interrompit son élan vers la porte, s'immobilisa un instant, s'empara de la cassette. Il la glissa dans son jean et se précipita à nouveau.

Il sortit du parc par la grande porte dorée, traversa le boulevard des Belges, s'engagea dans la rue Duquesne et la remonta en courant.

La cassette le gênait, elle lui faisait un peu mal à chaque pas. Et elle avait tendance à remonter et à sortir du jean, il fallait faire attention qu'elle ne tombe pas. Mais pas question de la prendre à la main. Personne ne devait la voir, se disait-il, c'était un secret.

Il connaissait bien le quartier, il s'y était beaucoup promené avec Anna.

De plus en plus essoufflé, il fut obligé de ralentir l'allure dans la rue Garibaldi. Mais il était presque arrivé. Il reprit un peu de courage.

Rue Sully à droite.

Voilà, il apercevait le commissariat.

9

.Vêtu d'une veste bleu marine, d'une chemise bleu pâle et d'un jean bleu, Michel sortit de son immeuble situé au 2 de la rue Pierre Blanc, une petite rue à flanc de colline entre les Terreaux et la Croix-Rousse, à deux pas du Jardin des Plantes lyonnais. Grand, d'apparence délicate et vigoureuse à la fois, les lèvres d'un dessin parfait, ses cheveux bruns aux extrémités bouclées flottant à chaque pas, il aurait pu n'être qu'un beau garçon parmi d'autres – l'un des plus remarquablement beaux, à vrai dire –, mais il avait en plus l'intelligence du regard (avec parfois des expressions étonnées et même naïves comme en ont les animaux et les enfants), la grâce et la distinction de la voix, des gestes, de la démarche – toutes qualités que possédait également sa sœur Nadia.

Il traversa la rue en direction de son Alfasud rouge garée quelques mètres plus bas, devant l'épicerie Au Jardin des Plantes. Michel entretenait de bons rapports avec l'épicière, une forte dame de soixante-cinq ans aux cheveux teints, laide, masculine, bavarde, toujours gaie. Son épicerie s'appelait Au Jardin des Plantes à cause de la proximité du Jardin des Plantes, mais aussi, comme elle l'expliquait à tout le monde depuis toujours, parce qu'elle s'appelait Plante, Marie Plante.

Sur un volet de bois du magasin, Michel vit une inscription ordurière qui ne s'y trouvait pas la veille (et qui n'y allait pas par quatre chemins : « Plante est une enculée »).

L'épicière apparut sur le pas de sa porte.

— Bonjour, Michel !

— Bonjour, madame Plante. (Il désigna l'inscription :) C'est nouveau, ça ?

Marie Plante aimait rire et ne reculait pas devant les plaisanteries un peu grasses. Elle réfléchit une seconde, prit un air malicieux qui acheva de l'enlaidir et dit :

— Quoi ? La peinture, ou…

— Ha, ha ! fit Michel, éclatant de rire.

— Oui, ça date de cette nuit.

— Quoi ? dit Michel.

Marie Plante éclata de rire elle aussi, ce qui porta sa laideur à un degré peu commun.

— Vous connaissez le coupable ? dit Michel en montant dans sa voiture.

— Non. Peut-être les gamins de la rue, mais ça m'étonnerait.

Michel démarra. Il descendit la rue de l'Annonciade, profitant comme chaque jour de la vue de

45

carte postale sur Lyon, la Saône, la colline de Fourvière, si verdoyante qu'on avait du mal à se croire en pleine ville.

Il se demanda s'il allait acheter maintenant le cadeau d'anniversaire de Nadia. Non, plus tard. Il avait besoin de réfléchir encore un peu. (Mais, au fond, il avait choisi.)

Il fut rue Sully en dix minutes.

Michel remarqua David de loin. Il le remarqua parce que c'était un enfant, qu'il courait, qu'il avait l'air agité et qu'il semblait se rendre au commissariat, mais aussi, plus ils se rapprochaient l'un de l'autre, parce qu'il trouva que l'enfant lui ressemblait. Outre leurs chemises du même bleu, l'implantation des cheveux bruns, le nez bien droit, le dessin des lèvres étaient semblables, et aussi quelque chose de plus difficilement saisissable dans le regard et dans la démarche.

Ils s'arrêtèrent ensemble devant la porte.

Michel fit un grand sourire à David.

10

– Vous êtes de la police ? dit David en haletant.

– Oui. Qu'est-ce qui t'arrive, mon lapin ?

Le calme et le sourire de Michel firent du bien à David. Il reprit un peu de souffle, et les mots affluèrent.

– Maman vient de me téléphoner pour me dire va vite à la police, parce que quelqu'un va venir chercher la cassette que je t'ai apportée tout à l'heure et te faire du mal.

Il tendit la cassette en un geste de confiance absolue.

– C'est un film, dit-il.

To Live and Die in L.A. Michel l'avait vu avec Nadia à la télévision, en décembre dernier. Il s'en souvenait bien, c'était le jour où Nadia s'était inscrite au concours.

– Elle ne t'a rien dit d'autre ?

– Non. Elle a raccroché. J'ai essayé de retéléphoner, mais il n'y avait plus personne.

– Tu sais où elle était, quand elle t'a téléphoné ?

– Oui. Chez elle, à la maison.

– Elle avait l'air d'avoir peur ? Elle parlait comme quelqu'un qui a peur ?

– Oui. Elle avait peur. (Il hésita.) Elle avait peur pour moi.

– Et toi, tu étais où ?

– Chez Anna. C'est une amie de maman. Elle n'était pas là. Maman est passée me voir, et puis elle est repartie tout de suite.

– Et c'est là qu'elle t'a donné la cassette ?

– Oui. Elle m'a dit que c'était un ami qui la lui avait prêtée le matin pour moi.

– Elle ne t'a pas dit qui ?

– Non.

– Est-ce que tu sais qui ça pourrait être ?

– Non.

– Tu es bien sûr qu'elle n'a rien dit d'autre ? Elle ne t'a pas dit : « Attends-moi à la police, j'y vais aussi » ?

– Non. Elle était pressée. Elle devait aller à Saint-Étienne, pour son travail.

– Viens, mon lapin, viens avec moi.

Il le prit par la main et ils franchirent le seuil du commissariat.

– Elle s'appelle comment, ta maman ?

– Marie Livia-Marcos.

– Et toi ?

– David Livia-Marcos.

– Et Anna ?

David eut un tout petit rire.

– Anna Nova.

– Moi, c'est Michel. Michel Rey. Qu'est-ce que tu faisais chez Anna ?

– Elle me garde souvent, quand maman doit partir en voyage pour son travail.

– Quel travail ?

– Elle travaille pour des maisons d'édition.

Michel réfléchissait. Il demanda à David les adresses et les numéros de téléphone de sa mère et d'Anna Nova. Puis il s'arrêta devant un bureau.

– Bon, dit-il. Je vais te laisser un petit moment avec une dame. Elle s'appelle Chameau.

Nouveau petit rire de David.

– Je t'assure, elle s'appelle Claire Chameau. Elle est très gentille, tu verras.

– Peut-être que maman est en train de venir ?

– Peut-être. Ne t'en fais pas, tout va s'arranger.

Avant de frapper à la porte de Claire, Michel caressa les cheveux de David et lui répéta : « Ne t'en fais pas. »

Ils entrèrent.

Claire Chameau devenait plus belle en approchant de la trentaine. Elle s'était mariée quatre mois auparavant, mais on ne la voyait jamais avec son mari, comme si elle le cachait. Elle sourit aussitôt à David.

– Claire, je peux te confier David un moment ?

Elle vit que Michel était pressé, elle vit son air soucieux, et la sueur et l'agitation du petit.

— Bien sûr ! Viens, David. Je crois bien qu'il me reste un pain au chocolat. J'en suis même certaine.

David hésita. On l'aurait avalé tout cru tellement il était mignon et attendrissant. Il adressa un regard un peu perdu à Michel avant de s'approcher de Claire. Peut-être comprenait-il que quelque chose était en train de se mettre en branle, là, dans ce commissariat de police, qui risquait d'être mauvais pour lui.

11

On voyait la façade de l'hôtel Sofitel, sur le quai Gailleton, puis une chambre où se trouvaient trois personnages, un homme jeune et deux très jeunes filles. L'une des jeunes filles avait des cheveux blonds qui lui descendaient jusqu'à la taille. L'homme portait un masque noir. Les trois personnages se déshabillaient et s'allongeaient sur un grand lit. Il n'y avait pas de son.

À la demande de Michel, Paul Mazars, le commissaire, passait la cassette en vitesse accélérée.

— Personne chez Marie Livia-Marcos, dit Michel en raccrochant. J'essaie Anna Nova. La mère ne savait pas que la cassette pouvait être dangereuse au moment où elle l'a laissée au petit. Elle l'a su après, une fois arrivée chez elle. Ce qui m'inquiète, c'est qu'elle n'a pas appelé la police après avoir parlé à son fils, tout de suite après. Pourquoi ? Parce qu'elle s'est trouvée elle-même sous le coup d'une menace, parce qu'elle s'est enfuie de chez elle après avoir raccroché ?

Pendant qu'il parlait, les images se succédaient : entrecoupé de vues de l'hôtel Sofitel, extérieures et intérieures, servant de décor, le petit film montrait les trois personnages se livrant à des ébats sexuels, jusqu'à un moment où l'homme masqué serrait la gorge de l'une des filles, celle qui n'avait pas les cheveux longs.

– Personne chez Anna Nova, dit Michel. J'essaie encore la mère et j'y vais.

La fille aux cheveux longs se mettait à hurler, elle semblait faire un geste pour empêcher ce qui allait se passer, puis l'image se ralentissait et s'arrêtait sur l'homme en train d'étrangler sa victime, puis on voyait le Sofitel une dernière fois, et c'était la fin.

Michel raccrocha.

– Non, personne, dit-il. Je regarderai mieux plus tard. Je fonce quai Saint Antoine. Morphée doit être arrivé. Tenez Chameau au courant. Dites-lui de bien s'occuper du petit, jusqu'à ce qu'on en sache un peu plus.

– D'accord, dit Paul Mazars. J'envoie tout de suite quelqu'un chez Anna Nova.

Morphée discutait au rez-de-chaussée avec Théo Lafont, un nouvel inspecteur devenu rapidement célèbre au commissariat pour son donjuanisme. La chose étonnait, car il était plutôt laid et pas très malin, mais le fait est qu'il accumulait les conquêtes féminines. Sa particularité, expliquait-il à Morphée, était qu'il ne pouvait s'intéresser qu'aux femmes mariées. Son moteur, dans la vie, c'était de voler les femmes des autres. Les femmes libres ne l'intéressaient pas.

– Pourquoi ? dit Morphée. Tu sais pourquoi ?

– Non. Je ne sais pas.

Michel arriva à ce moment-là.

– Ça va ? dit-il en leur serrant la main.

– Ça va, dit Théo Lafont.

– Très bien, dit Morphée.

Un nouveau traitement contre son affection thyroïdienne réussissait mieux que les précédents. Il était moins enflé de visage, moins somnolent depuis quelques jours, et plus gai. Il avait eu cinquante et un ans cette année. Son beau regard franc et vif rachetait les petites disgrâces du reste de sa personne, sa silhouette trop épaisse, son nez trop fort. Il avait une coiffure qu'on remarquait et qui lui allait bien : ses cheveux noirs, naturellement brillants, étaient tous plaqués vers l'arrière. Il était vêtu d'un jean. C'était la première fois que Michel le voyait en jean.

– Tu as l'air pressé, dit-il à Michel.

– Oui. Tu m'accompagnes ?

– Au bout du monde, dit Morphée.

12

La porte de l'appartement était entrouverte. Morphée, expert en serrures, se rendit compte au premier coup d'œil qu'elle avait été forcée. Il poussa la porte, entra le premier. Il vit que l'appartement avait été fouillé, puis il vit Marie. Il fut frappé d'épouvante à la vue du visage de la jeune femme recroquevillée dans le fauteuil. S'il avait pu, il aurait empêché Michel de regarder. Il savait à quel point il supportait mal le spectacle de la mort.

Michel fut submergé par une envie de vomir qui ne le quitta plus de la journée.

Morphée remarqua les vitres brisées de la porte-fenêtre. Il s'en approcha.

— Les morceaux de verre sont à l'intérieur, dit-il. Quelqu'un est aussi entré par là.

Le soleil avait tourné. Il commençait à envahir la grande pièce, faisant étinceler la laque noire du piano Ernst Maïmer.

— Tu ne sens pas quelque chose ? dit Michel.

– Une odeur de parfum ?
– Oui.
– Tu sais, dans l'appartement d'une femme…
– Pauvre gamin, dit Michel, pauvre gamin !

13

Anna Nova était une très jolie brune plutôt petite, aux cheveux courts, au regard bleu, profond,
décidé et même têtu, mais parfois traversé par une
spectaculaire expression de désarroi enfantin qui
ne compta pas pour rien dans l'attrait qu'elle
exerça sur Michel dès leur première rencontre.

Elle était assise sur le bord du canapé. Elle portait une robe noire. À plusieurs reprises, elle
n'avait pu se retenir de pleurer.

— Quelle était la profession de votre amie ? demanda doucement Michel.

Elle le regarda en face et dit :

— Prostituée. Enfin…

Elle voulut ajouter quelque chose sur le genre
de prostitution exercée par Marie, dire par exemple qu'elle n'arpentait pas les trottoirs, mais elle ne
sut comment l'exprimer. Michel la tira d'embarras
en lui signifiant qu'il comprenait.

— De temps en temps, elle me laissait David,
parfois plusieurs jours. Elle lui avait dit qu'elle tra-

vaillait dans l'édition. Qu'elle était obligée de voyager, pour voir des libraires, par exemple.

— Vous étiez très amies ?

— Oui. On a fait toutes les deux des études d'anglais et on est devenues toutes les deux traductrices. On a même habité ensemble pendant un an. Puis elle a rencontré le père de David.

Elle s'arrêta. Elle semblait se demander si elle disait bien ce qu'il fallait dire. Michel lui fit un léger sourire d'approbation.

— Elle a déménagé, elle a eu David, et on s'est un peu perdues de vue. Un an après la naissance de David, le père est parti. Marie ne s'en est jamais vraiment remise. Elle a arrêté tout travail. Le reste s'est fait peu à peu.

— Est-ce qu'elle faisait partie...

— Non, dit vivement Anna, qui devina ce que Michel voulait savoir. Non, elle était complètement indépendante. Elle avait fini par voir toujours les mêmes gens. Une sorte de clientèle.

— Elle vous en parlait ?

— Très peu. Non, jamais.

Elle eut l'air d'hésiter.

— Oui ? dit Michel.

— À une exception près. Elle m'a parlé d'un homme qui aurait sans doute souhaité aller plus loin avec elle.

— Et elle ?

— Je crois qu'elle était tentée. Mais sans plus. Mais elle y pensait, surtout ces derniers temps.

– Vous connaissez le nom de cet homme ?

– Oui, Donato Gellemi.

– J'ai vu ce nom dans son carnet d'adresses. Je me suis demandé s'il y avait un rapport avec l'entreprise Gellemi, les machines-outils.

– Oui, dit Anna. Ce Donato est le fils du P-DG.

– Est-ce que vous pensez qu'elle aurait pu être mêlée d'une manière ou d'une autre à quelque chose d'illégal, de dangereux pour elle ? À un chantage, par exemple...

Il n'osa pas lui dire qu'on pouvait légitimement penser à un rapport entre les activités de Marie Livia-Marcos et le contenu de la cassette. D'ailleurs, elle avait bien dû y penser elle-même. Mais elle n'hésita pas :

– Non, impossible, dit-elle.

– Pourquoi en êtes-vous si sûre ?

– Elle m'en aurait parlé. Elle l'aurait évoqué, j'aurais compris, deviné quelque chose... Non, c'est exclu.

– D'accord, dit Michel. Pardon pour toutes ces questions.

– Je vous en prie. Vous voulez du café ?

– Non, merci. Mais si vous, vous en voulez...

– Non. J'ai hâte de revoir David.

– Bien sûr, dit Michel. Allons-y. J'ai encore une chose à vous demander. Un peu embêtante. Les gens qui ont tué votre amie savent qu'elle a remis la cassette à quelqu'un. Ils risquent de chercher auprès de ses intimes. Il est possible qu'ils se renseignent et qu'ils essaient d'entrer chez vous. Ce n'est pas exclu.

« Ce serait même déjà fait si Marie avait parlé », pensa Michel. Mais Marie n'avait pas parlé, elle avait résisté aux abominables coups. Michel lutta pour chasser les images qui l'assaillaient.

– Qu'est-ce que je dois faire ? dit Anna Nova.

– Il faudrait que vous puissiez habiter deux ou trois jours ailleurs. L'idéal serait tout de suite… La police surveillera votre appartement.

– Ma mère habite Saint-Cyr-au-Mont-d'Or. Je pourrais y aller avec David ?

– Parfait, dit Michel. C'est embêtant, mais c'est le mieux. Et vous devrez supporter la présence d'un policier. Même remarque : c'est embêtant, mais il le faut.

Il se leva. Anna se sentait rassurée par cet inspecteur si doux et si fin. Et si beau, il lui avait plu immédiatement.

Michel avait envie de l'aider, autant qu'il le pourrait. Et, pensant à Marie Livia-Marcos, il éprouvait peu à peu quelque chose qu'il n'avait encore jamais connu dans sa courte carrière, une sorte de désir de vengeance personnelle contre les tueurs.

Anna téléphona à sa mère, puis elle entassa dans une valise et dans un sac de voyage quelques affaires pour elle et pour David.

Ils sortirent.

Michel portait la valise.

Anna s'était changée en vitesse, elle avait passé un jean et une chemise rose. Elle était ravissante.

— Et s'ils nous voyaient maintenant ? dit-elle dans l'allée de ceinture. S'ils étaient déjà en train de me surveiller ?

— Mes deux collègues les auraient repérés, ceux qui vous attendaient tout à l'heure. On peut compter sur eux. Et sur Morphée, mon coéquipier habituel. Il fait le guet à l'entrée du parc.

— Morphée ? C'est son nom ?

— Non, c'est un surnom. Il est obligé de prendre des médicaments qui lui font un peu enfler le visage, ça lui donne l'air endormi. Vous ne voulez pas que je porte aussi le sac ?

— Non, merci.

Michel se demanda s'il était en train de tomber amoureux. Il en parlerait à Morphée. Morphée le taquinait parfois en soutenant qu'il n'avait jamais été amoureux, contrairement à lui, Morphée, qui l'avait été de Jacqueline, sa femme. De personne d'autre par la suite, même pas de Sylvie, la prof de maths, sa compagne depuis trois ans, l'adorable et intelligente Sylvie. Mais, disait-il, une fois suffit pour tout savoir : quand on a été vraiment amoureux une fois, c'est comme quand on a compris que deux et deux font quatre, on a épuisé la question.

Michel avait rapporté à Nadia la comparaison de Morphée. Nadia l'érudite avait une fois de plus étonné son frère en lui lisant aussitôt un passage d'Aristote qui exprimait la même idée : quand un enfant de six ans a compris que deux et deux font quatre, il en sait autant, sur ce sujet précis, que le plus savant des mathématiciens. Ils avaient bavardé une partie de la nuit, et Nadia avait fini par dire à Michel, pour la trois mille six cent vingt-troisième fois, lui avait dit Michel, qui affectait de les compter : « Mais qu'est-ce que tu fais dans la police ? Je rêve, Michel, je rêve ! Pourquoi, mais pourquoi ? » Michel avait répondu, comme d'habitude ou presque, qu'il pouvait donner à Nadia trente-cinq raisons morales, matérielles, psychologiques, intelligentes, idiotes, métaphysiques, mais que la trente-sixième, la vraie, la bonne, il ne la connaissait pas. À moins que Nadia ne tienne pour une réponse satisfaisante qu'il avait soif d'une chose inconnue, une soif que son travail de policier n'apaisait que pauvrement, que son travail de luthier apaiserait mieux peut-être, en attendant mieux encore, mais quoi ?

Ou bien, avait dit Michel avec son beau sourire, elle rêvait en effet.

Le lendemain, Michel avait rendu compte à Morphée de sa discussion avec Nadia, et, surnom pour surnom, il avait proposé plaisamment de l'appeler Aristote. Bien entendu, « Morphée » avait tenu bon, et Morphée était resté Morphée.

À deux reprises, venant du zoo, un puissant cri de bête, poussé semblait-il par la même bête, couvrit la rumeur de la ville.

Ils trouvèrent Morphée à l'entrée du parc. Michel fit les présentations. Ils se rendirent tous trois au commissariat, rue Sully. Pendant que Morphée prendrait la déposition d'Anna, Michel ferait un saut à l'hôtel de police. Ensuite, il conduirait Anna et David à Saint-Cyr.

– Vous allez parler maintenant à David ? dit-il.

– Oui, dit Anna, dont les yeux s'emplirent de larmes.

Morphée, à l'arrière de la voiture, prit une mine sincèrement contrite.

14

Antoine Blanc buvait un jus de fruits près du distributeur de boissons, au rez-de-chaussée de l'hôtel de police, quand Michel arriva.

– Je viens de me rincer l'œil, maintenant je me rince la dalle, dit-il en lui serrant la main. Ça va ?

– Ça va.

– Je te trouve l'air un peu mélancolique, non ?

– J'ai été un peu secoué ce matin.

Antoine avait trois ans de plus que Michel. Il était grand, chauve, et il semblait toujours sur le point de sourire.

– Tu prends quelque chose ?

– Non, merci.

Ils se dirigèrent vers l'ascenseur.

– Alors ? dit Michel.

– Alors, pas grand-chose. Petite scène de coucherie de huit minutes quarante. Il n'y a rien d'autre sur le reste de la cassette, de visible ou de caché. Le film se termine par un meurtre, mais c'est peut-être une mise en scène, on ne peut pas

avoir de certitude. On a intercalé des vues du Sofitel, de l'extérieur et de l'intérieur de l'hôtel,
comme si ça se passait là.

— Ça ne se passe pas là ?

— Non, c'est pour faire joli. Aucune chambre ne
ressemble à ça au Sofitel.

Ils entrèrent dans le bureau d'Antoine, bourré
d'appareils de toutes sortes, électriques ou électro-
niques, de mesure, de reproduction, d'enregistre-
ment. Les fenêtres étaient ouvertes sur l'étendue
apparemment infinie des immeubles ni vieux ni
neufs du sinistre VIIIe arrondissement de Lyon.
Antoine continua :

— Le masque et les vues de l'hôtel peuvent faire
penser à une fiction. Mais dans ce cas, pourquoi la
caméra ne bouge pas ? On dirait qu'on l'a collée
au trou d'une serrure et qu'on a filmé les gens à
leur insu. Je crois qu'on assiste à un vrai meurtre,
sinon l'histoire ne se serait pas terminée par l'atro-
cité de ce matin, mais c'est vrai qu'il y a une petite
bizarrerie.

— Merci, Antoine.

— Je t'en fais un double ?

— Oui, hélas, dit Michel.

Antoine manipula les appareils.

— Dommage qu'on ne voie pas mieux le visage
des filles. Évidemment, il y a les cheveux blonds
très longs, mais des filles aux cheveux blonds très
longs…

— Nadia, dit Michel.

Antoine rit.

— Depuis l'histoire de Régis Mille, je ne suis jamais complètement tranquille. Je t'assure. Dans la voiture, quand je mets une cassette de musique, j'ai toujours l'impression que je vais entendre la voix d'un tueur qui me donne le nom et l'adresse de sa prochaine victime. Et qui me dit : « Premier arrivé[1] ! »

— Tu en as des nouvelles ?

Michel hésita.

— Oui. Je crois qu'il supporte très mal la prison.

— Je reverrais bien Nadia, dit Antoine. Et je l'écouterais bien.

En mai dernier, il l'avait entendue jouer du Bach. Il ne savait pas que quelqu'un qui n'avait pas son nom sur toutes les affiches pouvait jouer aussi bien, avait-il dit à Michel ensuite.

— En septembre, elle va commencer à travailler les *Variations Goldberg*. Son prof continue de la pousser à faire une carrière musicale.

Michel aurait mieux fait de ne pas évoquer le professeur de Nadia (Alain Lyon, titulaire des orgues de Saint-Bonaventure), car il pensa aussi à son fils Marc, qui vivait à Paris et qui était professeur de chant. Marc Lyon était un bon chanteur, mais surtout un pédagogue de premier ordre, dont la renommée s'étendait désormais à l'étranger. (« C'est lui qui a été le professeur d'Estella

1. Voir *Régis Mille l'éventreur*, Folio n° 4677.

Klehr, avait dit Nadia à Michel, tu te rends compte ? ») Or, Alain Lyon avait suggéré à Nadia d'aller voir son fils, qu'elle ne connaissait pas, pendant qu'elle serait à Paris. Elle avait tout à y gagner, lui avait-il dit, les conseils musicaux de Marc seraient forcément précieux. Lui-même était curieux de savoir ce que son fils penserait de Nadia en tant que pianiste.

Michel savait que Nadia avait vu Marc Lyon. Et depuis, il trouvait sa sœur différente avec lui au téléphone. Ou bien se le figurait-il ? En tout cas, même s'il s'en énervait et s'en désolait, il était bien obligé de s'avouer qu'il éprouvait une sorte de jalousie.

Il se demanda si Estella Klehr avait enregistré un disque. Il n'avait rien lu à ce sujet dans les quatre revues musicales auxquelles il était abonné. Quelques mois auparavant, Nadia et lui avaient entendu cette soprano à Lyon, salle Molière. Elle chantait des cantates de Bach. Ils l'avaient trouvée parfaite dans ce répertoire. Et son corps de toute jeune femme était d'une beauté frappante. On le remarquait d'autant plus qu'elle souffrait d'une maladie de peau, d'un angiome facial, une horrible « tache de vin » qui lui mangeait le visage et que même le maquillage de scène ne parvenait pas à dissimuler.

15

David avait fini par s'endormir dans les bras d'Anna, à l'arrière de l'Alfasud.

Au commissariat, Anna et Claire avaient dû faire venir un médecin, l'enfant était trop agité. Le médecin lui avait donné un calmant.

Michel conduisait, Claire Chameau était à côté de lui. Elle aussi avait estimé qu'il valait mieux être trop prudent et assurer une protection à David et à Anna, vu la sauvagerie des agresseurs. Elle s'était proposée pour les quarante-huit heures à venir. Elle logerait dans la maison de Saint-Cyr, bien assez grande, avait dit Anna.

L'Alfasud filait sur la route des monts Dore dans un bruit de moteur et de roues à peine perceptible et comme voluptueux. Sans l'horreur des circonstances, c'eût été un bonheur, se disait Michel, de rouler en voiture avec ces deux femmes et cet enfant, de profiter du vent tiède par les vitres ouvertes et de la lumière de la campagne lyonnaise, dorée, à la fois nette et douce. Mais il y avait les circonstances. Le meurtre cruel de Marie. Le souci de Nadia. Et l'espèce de petite douleur liée à la présence d'Anna Nova, due au fait qu'il n'avait jamais été porté vers une femme par un élan aussi fort et aussi soudain.

Ils entrèrent dans Saint-Cyr par la route de Lyon, qui traversait toute la commune. La mère d'Anna habitait au bord de cette route, à mi-chemin, expliqua Anna, entre l'École préparatoire de théologie protestante et l'École nationale supérieure de police, qui donc se trouvait à Saint-Cyr.

À un moment, David gémit pendant son sommeil puis poussa un grand soupir, sans doute à cause d'un vilain rêve.

Il n'avait pas fallu longtemps à Claire Chameau pour remarquer que Michel et Anna Nova se regardaient d'une certaine façon — de la façon dont, depuis qu'elle connaissait Michel, elle aurait aimé être regardée par lui —, et pas davantage de temps à Anna pour se douter de ce qui se passait dans l'esprit de Claire.

La maison fut en vue.

Anna commença à réveiller David en lui caressant le visage.

16

« C'est dans cinq jours, le samedi 6 juillet, au palais des Congrès à Lyon, que le professeur Johann Gothenmaschlinbach, prix Nobel de la paix, prononcera un discours sur la paix dans le monde devant un congrès international de juristes. » (On vit sur l'écran de télévision, le temps de cinq ou six mots, une photographie de Johann Gothenmaschlinbach – épaisses lunettes rapetissant les yeux, longs cheveux blancs –, qui avait eu le prix Nobel onze ans auparavant, et dont Morphée disait plaisamment qu'il réussissait par son seul nom à aviver les conflits.) « Il y a trois mois, le professeur Gothenmaschlinbach a annoncé sa décision de choisir Lyon pour cette importante manifestation, au cours de laquelle il fera le point sur les possibilités d'une destruction à moyen terme des armements nucléaires de tous les pays. Monseigneur Tanass, archevêque de Lyon, sera présent. » (Monseigneur Jacques Tanass : petite tête brune, lèvres minces et sourire en coin.) « Rappelons à cette occasion que Monseigneur Tanass vient d'être élu président de la conférence de l'épiscopat français, et que, dès la semaine prochaine… »

Michel ne prêta pas attention à la suite : François Francis s'approchait de sa table, il se leva et lui serra la main.

François Francis était un policier d'une cinquantaine d'années, d'allure distinguée, entièrement chauve. Michel le connaissait depuis assez longtemps parce qu'il avait un bureau à l'hôtel de police, où il s'occupait de répression du terrorisme, mais les deux hommes s'étaient vraiment parlé le jour où le hasard les avait mis sur des sièges voisins à l'auditorium Maurice Ravel. Ils s'étaient découvert un goût commun pour Bruckner (un chef italien dirigeait ce soir-là la *Cinquième symphonie*), et pour bien d'autres musiciens.

Depuis, ils déjeunaient ensemble chaque lundi au Bouche-Trou, le restaurant que tenait la mère adoptive de Michel et de Nadia, Mariquita.

Ils renoncèrent à une entrée et commandèrent le plat du jour. Mariquita les servit. Ils se racontèrent leur semaine de travail. Michel parla bien entendu du meurtre ignoble de Marie Livia-Marcos. François Francis se plaignit des difficultés qu'il avait chaque année à obtenir assez d'argent pour la protection des personnalités importantes de passage à Lyon. Il se heurtait au problème ces jours-ci avec la visite de Johann Gothenmaschlinbach.

Puis, comme toujours, la conversation vint sur la musique. Qu'un policier existât à Lyon qui fût aussi fin mélomane que François Francis était pour Michel une source d'étonnement renouvelé chaque lundi.

François Francis jouait un peu de clarinette. Nadia lui avait proposé un jour de jouer avec elle, des pièces pour clarinette et piano, mais il avait refusé, soudain intimidé et presque apeuré, comme un enfant. La transformation avait été spectaculaire. On aurait cru une autre personne. Il était incapable, avait-il expliqué, tout à fait incapable de jouer devant quelqu'un.

Antonio, le plus jeune des deux serveurs, vint changer les assiettes pour le dessert. Deux minutes après, Mariquita apparut à la porte de la cuisine et regarda en direction de leur table. Michel se rendit compte de deux choses : qu'elle avait bien remarqué qu'il n'avait pas fait grand mal à son gigot d'agneau, et qu'elle souhaitait lui parler en privé.

— Excusez-moi, dit-il à François Francis.

Il se leva et rejoignit Mariquita aux cuisines.

— Le gigot n'était pas bon ? dit-elle avec une trace d'accent espagnol.

— Délicieux, dit Michel. Le meilleur que j'aie jamais mangé. Et cuisiné... François te dira ce qu'il en pense tout à l'heure.

Elle sourit. Michel et Nadia étaient sa raison de vivre. Elle les aimait à la folie. Elle n'osa pas questionner davantage Michel sur son assiette à moitié pleine, mais il était clair qu'elle attendait des explications.

— Seulement voilà, continua Michel d'un ton grave, j'ai pris mon petit déjeuner très tard, du coup l'appétit était moins féroce que d'habitude. À part ça, je t'écoute, qu'est-ce que tu voulais me dire ?

Elle rit et l'embrassa sur la joue.

— Ta sœur m'a téléphoné ce matin. Je lui ai proposé quelque chose, pour jeudi soir. Vous pourriez venir dîner à la maison pas trop tard, avant d'aller à la soirée d'anniversaire ?

Nadia fêtait ses dix-neuf ans le jeudi suivant, le 4 juillet. Elle n'avait pu décider Mariquita à venir à la fête. Mariquita était trop fatiguée, la fête commençait tard.

— Tu serais d'accord ? dit-elle.

— Non, répondit Michel avec un grand sourire.

17

Le raisonnement qui amena un peu plus tard dans l'après-midi Michel Rey et Alain Detouris, dit Morphée, devant la porte de Donato Gellemi était simple. Si Marie Livia-Marcos n'était mêlée elle-même à rien de louche, alors l'homme qui lui avait fourré la cassette entre les mains avait dû se trouver sous la menace d'un danger grave et qui ne souffrait pas de délai. Deuxièmement, cet homme était selon toute vraisemblance l'un de ses clients. Troisièmement, on pouvait supposer pour l'instant que tous les clients de Marie figuraient dans son carnet d'adresses. Quatrièmement, soit l'homme avait échappé au danger, soit non. Dans ce dernier cas, on ne pouvait plus ni le rencontrer ni l'avoir au téléphone. Aussi, après que Michel et Morphée eurent réussi à joindre toutes les personnes qu'ils pouvaient tenir pour des clients certains ou possibles de Marie Livia-Marcos, sauf Donato Gellemi, décidèrent-ils de suivre cette piste d'abord.

Pas de réponse à leurs coups de sonnette. Morphée colla son oreille à la porte.

– Il me semble… tiens, écoute.

Michel écouta aussi.

– On dirait quelqu'un qui râle, dit Michel.

Morphée sortit d'une poche intérieure de sa veste une espèce de longue clé. Célèbre pour ses talents de tireur, il l'était aussi pour son habileté à ouvrir n'importe quelle serrure avec n'importe quel morceau de ferraille de rien du tout.

– Qu'est-ce que tu fais ? dit Michel.

– Je porte secours à quelqu'un qui râle.

– Et si c'est quelqu'un qui dort ? Qu'est-ce qu'on va dire, à Paul d'abord, au juge ensuite ?

Morphée écouta encore.

– Tu as déjà entendu quelqu'un qui dort comme ça ? dit-il.

– Oui, toi. Allez, essaie…

La réplique suivante (« Tu me connais, pour les portes, si j'essaie, j'y arrive ») leur était si familière qu'elle fut cette fois omise et remplacée par un regard complice.

Pas de verrou mis à l'intérieur. Morphée essaya et y arriva.

Ils trouvèrent Donato Gellemi dans l'entrée, où il s'était traîné, d'un point de son appartement distant d'environ cinq mètres, comme l'indiquaient des traces de sang.

Michel put à peine le regarder.

Il laissa Morphée s'occuper de tout.

Quelques secondes après leur arrivée, Donato Gellemi cessa de vivre.

18

Paul Mazars était assis à son bureau. À cette place, et à cette heure de l'après-midi, le soleil faisait étinceler sa calvitie et révélait de vilaine façon les innombrables rides de son visage. D'un coup, il paraissait très vieux.

Il referma un dossier.

– Pas grand-chose, dit-il. Fiché en 68. Mais tout le monde a été fiché en 68, même le pape.

– Vous cherchez à nous faire rire ? dit Michel.

– Oui. Vous avez vu la tête que vous faites ?

– Normal, dit Morphée. Les gens qu'on rencontre aujourd'hui ont la bouche sur le front et les yeux derrière la nuque. Et on est obligés d'enjamber des flaques de sang pour constater le phénomène. Je me suis même fait un début de tour de rein, chez Gellemi. C'est vrai, je vous assure.

– Mon pauvre Morphée ! dit Paul sincèrement. Qu'est-ce que tu en penses ? Une histoire de chantage ?

– Peut-être. Ce genre de cassette, ça peut servir à

ça. Avec plusieurs personnes sur le coup. Certains cassent les portes et d'autres les fenêtres. Dans un moment de panique, Donato Gellemi a donné la cassette à Marie Livia-Marcos en se disant qu'il la récupérerait dès qu'il serait tiré d'affaire.

— Pourquoi a-t-il été fiché ? demanda Michel.

— Pour trois fois rien. Vague appartenance à un vague mouvement d'extrême droite au programme vaguement violent. Des bêtises d'adolescent. Après, il a travaillé dans l'entreprise de son père. Les machines-outils Gellemi, à Saint-Genis-Laval. Vous connaissez ?

— Oui, dit Morphée. Comment le père a réagi ?

— Surprise totale. Ou alors, il joue bien la comédie, vous verrez quand vous lui parlerez. Mais je ne crois pas. Il ne pouvait plus arrêter de pleurer au téléphone. Je n'ai jamais entendu quelqu'un pleurer comme ça, à part les enfants. Je me suis même demandé comment il allait faire pour aller reconnaître le corps…

— Ne vous en faites pas trop, dit Morphée, il ne va pas le reconnaître.

À la suite de cet échange verbal, ils s'accordèrent deux secondes d'hilarité énergique mais quasi silencieuse, puis redevinrent impassibles.

— On a quand même un petit avantage, dit Morphée. Un gros. C'est qu'ils n'ont aucune raison de penser qu'on l'a, cette cassette. S'ils tentent de la récupérer chez Anna Nova, on leur tombe dessus.

– On prend la surveillance cette nuit, dit Michel.

– D'accord, dit Paul.

Le désir d'arrêter lui-même les assassins de Marie Livia-Marcos était de plus en plus fort dans l'esprit de Michel, il en avait bien conscience.

19

Michel rentra rue Pierre Blanc pour se remettre de ses émotions et se préparer aux fatigues d'une nouvelle nuit de veille.

Pas de message de Nadia. Après l'épreuve de philo, elle avait dû retrouver d'autres étudiants. Elle rentrerait à son hôtel plus tard. Ou alors Marc Lyon était venu l'attendre à la sortie de l'École normale, et ils se promenaient dans Paris main dans la main.

Michel était furieux contre lui-même de telles pensées. Il ferma d'un coup de poing une porte de placard restée ouverte, si fort qu'elle se rouvrit.

Saint-Thomas fit un bond de dix centimètres.

D'abord, écouter un peu de musique. Michel mit en marche ses appareils. Il avait toujours son lecteur de disques Meridian 508, ses enceintes Rogers L5 5/9, son tuner Grundig T-9000 et son magnétophone Pioneer CT-95, mais il avait changé d'amplificateur. Sur les conseils de John Harry Ga, rédacteur en chef de la *Revue du son*, à qui il téléphonait de temps à autre, il avait remplacé son intégré Accuphase E 306 par deux éléments séparés, le préamplificateur américain Bel Canto « Tosca » et l'amplificateur anglais Chord SPM 1200 B, lequel secouait plus et mieux les Rogers, exigeantes en puissance, et leur faisait donner tout ce qu'elles avaient dans le ventre, c'est-à-dire beaucoup.

Michel avait remarqué qu'Anna Nova avait une installation convenable, en particulier des enceintes Morgane 2.

Il écouta les deux derniers morceaux, ceux qu'il préférait, d'un disque de Michael Praetorius, le motet *Peccavi fateor* et l'un des *Psaumes de David*, dernière œuvre composée par Praetorius, qui mourut avant de la voir imprimée.

Puis il prit une douche, la deuxième de la journée, et se changea. Il passa un jean et un blouson noir plutôt usé mais confortable, qui le laissait bien libre de ses mouvements, pour l'opération de ce soir ce serait parfait.

Saint-Thomas insista tellement pour avoir à manger que Michel céda, tout en se le reprochant, mais il ne savait pas dire non à son chat.

Il appela Antoine. Il venait d'avoir une idée.

— Dis donc, la cassette, tu peux la remettre dans un emballage plastique, comme si elle n'avait pas été ouverte ?

— Oui, bien sûr.

— Je peux passer la prendre quand ?

– Quand tu veux. Dès que tu as raccroché, c'est fait. Une demi-heure ?

– D'accord. Merci, Antoine.

Debout à sa fenêtre, Michel contempla Lyon quelques instants, les deux fleuves, le centre de la ville qu'ils délimitaient et semblaient enserrer, comprimer, étouffer. Puis, sur son canapé, sa guitare entre les bras, sans jouer, simplement pour l'avoir contre lui, il fuma deux cigarettes, amusé tout de même par l'immensité des bâillements de satisfaction du chat.

Il préférait les chiens aux chats. Mais Saint-Thomas lui avait été pour ainsi dire légué par Mme Gueppe, la locataire du premier étage droite, la veille de sa mort, une heure avant qu'elle sombre dans le coma. La pauvre Mme Gueppe serait morte désespérée si elle n'avait confié son chat à Michel, qu'elle adorait presque autant que le chat. Bien entendu, Michel s'était attaché à Saint-Thomas, et ils étaient devenus grands amis.

Il se leva. Le chat vint s'interposer entre la porte et lui. Chaque fois que Michel s'en allait, c'était toute une histoire. Michel se baissa et tenta de le repousser.

– Une autre fois, Saint-Thomas. Ce soir. Je suis pressé. On jouera ce soir. Je te jure que je suis pressé ! Allez, au revoir !

Mais le chat lui glissait entre les mains comme une grosse savonnette et revenait à la charge.

Michel réussit à ouvrir la porte. À ce moment,

on entendit une voix venue de l'étage supérieur, une voix de femme âgée un peu glapissante :

– Michel, mon petit ! Tu peux monter une seconde ?

– J'arrive, madame Cachard !

Saint-Thomas le regarda d'un air indigné.

– Eh oui ! c'est la vieille ! murmura Michel. Qu'est-ce que tu veux que je fasse ? Obligé ! Allez, à tout à l'heure !

Il monta. Mme Cachard le fit entrer dans les trois pièces mansardées, transformées en un minuscule appartement, qu'elle occupait depuis des décennies. Malgré son grand âge et ses insomnies, elle avait un visage encore lisse, plein de vie, toujours souriant.

– Tu as bien une minute ?

– Une seconde, dit Michel. Vous m'avez dit une seconde.

– Hi, hi ! Une petite minute. Tu prendras bien le temps de mourir !

– C'est ce qu'on verra, dit Michel.

– Tiens, je voulais juste te montrer ça. Regarde : six cents francs d'augmentation d'un coup !

Elle lui tendit une quittance de loyer. Jusqu'à maintenant, les vieux locataires avaient échappé à l'augmentation. Mais un nouveau gérant venait d'entrer en fonction, sans doute désireux de plaire d'emblée au propriétaire de l'immeuble.

– C'est le nouveau régisseur, dit Mme Cachard. J'ai téléphoné pour rouspéter. Tu ne peux pas savoir ce qu'il a été malgracieux. Et attends, il paraît que ça va encore augmenter avec le nouveau bail. Il fait ça en plusieurs fois, tu comprends, et au culot. Et attends, il y a encore autre chose : il m'a dit que si je signais le nouveau bail sans faire d'histoires, ils remplaceraient ma vieille chaudière à leurs frais. Que normalement, d'après le bail, c'était à moi de la remplacer, mais que c'est eux qui s'en occuperaient. Qu'est-ce que tu en penses ? C'est pour m'embobiner ?

— Oui, dit Michel.

— Ah ! si mon pauvre Oreste était encore en vie, ça ne se passerait pas comme ça ! Six cents francs !

Michel, qui avait examiné la quittance, la plia et dit :

— Vous pouvez me la laisser un jour ou deux ?

— Tout le temps que tu veux. Je serai moins énervée si je ne la vois pas qui traîne sur mon buffet. Dis donc, tu as les cheveux mouillés ?

— Non. Juste les bouts. Pourquoi ?

Mme Cachard hésita, un peu décontenancée.

— On prend froid, quand on sort avec les cheveux mouillés. Mais c'est vrai qu'il ne fait pas froid...

— C'est la pure vérité, dit Michel en lui souriant.

20

Michel se rendit à l'hôtel de police, puis passa prendre Morphée rue Sully.

Dans la voiture, il lui expliqua son idée : premièrement, faire croire à l'ennemi que personne n'avait touché à la cassette, et donc la déposer le plus vite possible dans l'appartement d'Anna Nova, avant le passage de l'ennemi en question.

– Pourquoi ? dit Morphée. Si un type vient et qu'on lui tombe dessus, qu'est-ce que ça change que la cassette soit dans l'appartement ou non ?

– Justement, dit Michel. Voilà mon deuxièmement. Deuxièmement, la finesse, c'est qu'on ne lui tombe pas dessus. On le suit. Oui, on le suit, mon cher Morphée. S'il te plaît, ramène tes sourcils à la bonne hauteur. On suit un homme certain que la police est en dehors du coup, et donc cet homme nous conduit forcément à des endroits intéressants. Peut-être même ce soir. Avec un peu de chance, on boucle l'affaire cette nuit.

– Ha, ha ! fit Morphée. Et avec un peu de malchance, on la sabote à vie.

– Tu veux dire si on perd le type ?

– Hé !

– Eh bien, on ne le perd pas.

– Oui, mais si on le perd ? Aïe !

– Qu'est-ce qui t'arrive ?

Morphée venait de changer de position sur son siège. Il s'était bel et bien fait mal aux reins chez Donato Gellemi.

Ils contournèrent le parc de la Tête d'Or tout en réglant les détails de leur petit plan. Michel s'arrêta presque en face du palais des Congrès, quai Achille Lignon, devant un portillon qui donnait accès à l'arrière du parc. Morphée parla dans son micro :

– Saphir 3, vous m'entendez ? Ici Saphir 1.

Voix grésillante :

– Saphir 3. Oui ?

– Rien ?

– Rien.

– On arrive sur le terrain. Je vais entrer dans l'immeuble, une minute. Dès que vous me verrez ressortir, vous pourrez filer. Terminé.

Voix grésillante :

– D'accord. Terminé.

Michel descendit de voiture. Morphée se glissa au volant à sa place en poussant de petits « aïe ! » plus ou moins préventifs.

– Je crois qu'on n'a rien oublié, dit Michel par la vitre ouverte. Ça marche ?

– Ça colle, Anatole, dit Morphée.

Michel exagéra sa surprise :

– « Ça colle Anatole » ! Voyez-vous ça ! Tu sors le soir en cachette, ou c'est tes arrière-petits-enfants qui te l'ont apprise ? Non, c'est depuis que tu portes des jeans !

– Voilà, c'est ça, dit Morphée. L'habit fait l'homme.

– Prudence, hein ? dit Michel.

– Pareillement, hein ? dit Morphée.

Il démarra.

Michel franchit le portillon et s'enfonça dans le parc. Il le traversa dans le sens nord-sud. La lumière changeait à vue d'œil. Quand il arriva en vue de l'allée de ceinture, il faisait un peu plus sombre. Il se dissimula. Il vit alors Morphée sortir de l'immeuble d'Anna, chez qui il venait de déposer la cassette, et s'éloigner.

Il attendit près de deux heures, se retenant de fumer, pensant à tout et à rien.

Au bout de deux heures, un homme de taille moyenne, jeune, vêtu d'un blouson noir, arriva par l'allée de ceinture. D'une démarche naturelle, il s'approcha de l'immeuble. Il repéra aussitôt l'une des deux fenêtres de la salle de séjour laissée presque imperceptiblement entrebâillée par Morphée. Le dos à la fenêtre, l'homme commença à la pousser du coude, l'ouvrit. Puis il se retourna et l'enjamba en un clin d'œil.

Michel sortit du parc et rejoignit Morphée, garé

boulevard des Belges, à une cinquantaine de mètres de la grande grille.

Michel se mit au volant de l'Alfasud.

– La Fiat 127 noire, là-bas, lui dit aussitôt Morphée en désignant une voiture garée au tout début de la rue Tête d'Or.

Michel alluma une cigarette.

Ils attendirent, pas longtemps, moins de cinq minutes. L'homme apparut, tout petit à côté de l'immense grille aux pointes dorées. Il était blond. Il continuait de se déplacer avec naturel, ni lent ni rapide dans ses mouvements.

Il reprit sa voiture et s'engagea dans la rue Duquesne.

Michel le suivit à bonne distance.

– À mon avis, c'est un sous-fifre, dit Michel.

– Pourquoi ?

– Une impression.

– Je le crois aussi.

– Pourquoi ? Une impression ?

– Oui, mais pas seulement. Il est clair qu'on a affaire à des professionnels. Après leurs exploits d'aujourd'hui, ils vont se méfier. Ils ne vont pas envoyer le grand chef pour récupérer la cassette, qui en plus est peut-être moins dangereuse pour eux maintenant que Gellemi est mort. Et la mère du petit, qu'ils devaient croire dans le coup. Je dis bien peut-être. Supposons-le. En tout cas, moi, à leur place, pour la récupérer chez Anna Nova, j'aurais choisi quelqu'un de capable, mais un sous-fifre. Quelqu'un qui ne risque pas de leur faire du tort si jamais on l'arrête.

— Tu as sûrement raison. L'ennui, c'est que tu es en train de m'expliquer qu'on perd notre temps…

— On va bien voir, dit Morphée.

Au bout de la rue Duquesne, la Fiat noire prit à gauche le quai de Serbie et ralentit quelques centaines de mètres plus loin.

21

David Forest se gara quai de Serbie, à mi-chemin entre le pont de Lattre de Tassigny et le pont Morand. Il n'avait pas peur. Il n'avait pas eu peur non plus au parc. Il avait seulement hâte que tout soit fini.

Et hâte de revoir Marie. Elle l'attendait au café des Carpates. Elle avait du mal à rester seule dans l'appartement quand il n'était pas là, surtout le soir. Elle préférait s'installer dans un café. Elle passait son temps à l'attendre. Il était ému de cet attachement, un peu effrayé aussi par les bizarreries de la jeune fille. À vrai dire, il se demandait si elle n'était pas un peu folle.

Et elle buvait trop, beaucoup trop. Lui aussi buvait trop, mais il savait s'arrêter. Elle, non.

Il n'aimait pas non plus la savoir seule dans les cafés parce qu'il était jaloux. Il ne supportait pas qu'un autre homme la regarde.

Il l'aimait tellement !

Il traversa le trottoir et descendit le petit escalier

métallique qui menait aux berges du Rhône, sombres et désertes.

Il s'approcha de l'eau.

Il sortit la cassette de sous son blouson. Il cassa et déchira tout, emballage et bande magnétique, et dispersa les morceaux dans l'eau bouillonnante.

Trente mille francs facilement gagnés. Ces employeurs-là payaient toujours bien. David ne les connaissait pas, mais il avait l'impression qu'eux le connaissaient, qu'ils savaient très exactement qui il était, ce qu'ils pouvaient attendre de lui. Et que, dans ces limites, ils pouvaient lui faire confiance. Et donc ils le payaient bien. Assez. Il n'avait pas d'ambition démesurée. Tout ce qu'il voulait, c'était vivre avec Marie sans soucis d'argent, et la garder toujours.

Et qu'elle arrête de boire. Si seulement elle pouvait boire moins !

Il retrouva sa Fiat 127. Il passa le pont Morand, longea la place des Terreaux, prit la rue Terme, puis le tunnel qui montait en pente raide à la Croix-Rousse.

Arrivé au sommet, il franchit le boulevard de la Croix-Rousse et se gara au début de la rue Duviard.

La place des Carpates était à deux pas.

22

Marie était mignonne, blonde, plutôt petite, très jeune et très maquillée. Elle se tenait debout au comptoir, comme si cette position exprimait mieux l'attente et qu'elle voulût signifier d'emblée à David : « Tu vois, je ne fais que t'attendre. »

Il s'approcha d'elle par-derrière, l'enlaça, l'embrassa sur les cheveux, sur la nuque. Elle, dans la marge étroite de mouvement qu'il lui laissait, parvint à se retourner dans ses bras pour l'embrasser sur la bouche.

Elle buvait du calvados. Elle était déjà ivre.

Comme David, Marie portait un blouson noir, et ils avaient exactement la même couleur de cheveux, le même blond agréable mais un peu terne. Il était plus grand qu'elle, mais la différence n'était pas énorme. Il était plutôt laid de visage, aussi laid qu'elle était jolie, il avait des traits épais et des yeux un peu globuleux.

Ils s'embrassèrent pendant une bonne minute, indifférents au reste du monde.

Morphée entra dans le café.

Il s'installa à une table près d'une vitre et commanda aussitôt un café décaféiné. À part lui, David et Marie au comptoir et le garçon, se trouvaient dans un angle un homme et une femme très âgés, sans doute un couple de retraités, qui buvaient bruyamment une tisane trop chaude sans attendre qu'elle refroidisse, et dans un autre angle un vagabond vêtu d'un manteau malgré la chaleur et qui ne buvait rien pour le moment.

À droite du comptoir, dans un renfoncement, était posée une machine à sous délabrée et crasseuse, non qu'on ne la nettoyât jamais, mais à la diable, sans intention de bien faire, comme le prouvaient les traces de coups d'éponge qui d'ailleurs avaient étalé la saleté sur toute la surface.

Quant à la lumière électrique, elle réussissait l'exploit d'être à la fois insuffisante et agressive.

Morphée attendait Michel d'une seconde à l'autre. Suivant son idée d'en découvrir le plus possible ce soir, Michel, au moment où Morphée et lui avaient vu David entrer au café des Carpates, avait décidé de tenter l'infiltration des troupes ennemies. Morphée n'avait pas été enthousiaste, mais d'une part il connaissait l'obstination de Michel, et d'autre part il n'avait pu s'empêcher de lui faire confiance, comme d'habitude.

Au moment où le garçon glissait sans élégance devant Morphée une pauvre tasse de déca, Michel arriva. Il avait très légèrement sali sa chemise et

son jean et coiffé ses cheveux sur son front, presque au-dessus des yeux. L'expression du visage et
la dégaine faisaient le reste : on pouvait supposer
qu'on avait devant soi un dur d'une catégorie mal
définie, réservé et sans vulgarité, mais à qui il ne
devait pas faire bon se frotter.

Morphée émit un long sifflement admiratif intérieur.

Michel alla droit au comptoir et s'accouda à un
mètre cinquante de David.

– On y va ? dit doucement David à Marie.

– Je finis mon verre, dit-elle.

– Il est fini, non ?

– Non, il en reste un peu.

À quelques reprises, David avait essayé d'user
d'autorité pour empêcher Marie de boire. Un
jour, il avait même jeté toutes les bouteilles d'alcool qu'ils avaient dans l'appartement, renonçant
lui-même à boire devant elle. Mais rien n'était efficace. Le moins pire était encore de laisser faire en
essayant de contrôler la situation. Lui, en tout cas,
n'avait pas trouvé mieux.

Michel commanda un cognac.

Morphée vit une voiture se garer place des Carpates.

Il se demandait avec curiosité ce que Michel
avait inventé pour entrer en contact avec ses voisins, lorsque le hasard leur vint en aide.

De la voiture, une vieille BMW en lambeaux,
débaroula une sorte de caricature de délinquant,

un jeune énervé venu des banlieues lointaines, lorgnant toutes choses d'un œil noir et prêt à chercher noise à quiconque, à tel point que, traversant la place en direction du café et une voiture passant devant lui à une vitesse trop lente à son gré, il donna dans la tôle un coup de poing qui résonna dans tout le quartier, désert à cette heure. Le conducteur freina, mais, devant l'attitude et la mimique du mécontent, il choisit la prudence et appuya de nouveau sur la pédale de droite.

Michel mit une pièce dans le flipper et commença à jouer avec l'adresse et la nonchalance de qui s'entraîne quatre heures par jour depuis l'âge de douze ans.

Le coléreux, frustré de n'avoir pu rosser les occupants de la voiture, entra dans le café avec l'idée flagrante d'un exploit de remplacement. Dès qu'il aperçut Marie, il alla s'installer à côté d'elle au comptoir. Il portait aussi un blouson noir. Cela faisait quatre blousons noirs dans l'espace relativement restreint du café des Carpates, comme si le lieu les attirait ou même les suscitait, se disait Morphée, renonçant à boire tellement sa petite cuillère et le rebord de la tasse étaient peu propres.

Le nouveau ne perdit pas de temps.

– Un whisky-Coca, dit-il au garçon. Même chose pour la petite. (Il se tourna vers Marie :) À moins que tu préfères autre chose ? Hein ?

Marie ne le regardait même pas.

– Tu veux bien boire un petit coup avec moi, quand même ?

Ce disant, il eut le tort de lui toucher l'épaule.

La scène dégénéra en deux secondes.

David écarta Marie et sans hésiter donna un coup de pied dans les tibias du provocateur, qui riposta presque dans le même instant par une gifle à toute volée. Aussitôt, ce fut l'empoignade. Les deux hommes se mirent à tournicoter dans le café en émettant divers bruits et en se frappant. Parfois les coups ne portaient pas, mais parfois si. Marie, les yeux écarquillés et une main posée sur la tête, comme pour signifier son affolement, voulait crier mais le cri ne venait pas. Les combattants se dégagèrent un instant pour souffler. David s'empara alors d'une chaise et la lança sur son adversaire qui en reculant heurta Michel, lequel, ne prêtant attention à rien sinon à son flipper, marmonna une vague protestation avant de se remettre à jouer.

– Toi, ta gueule ! lui dit le voyou.

Le garçon hésitait à appeler la police. « Une descente de police fait mauvais effet dans un établissement », disait toujours son patron. Oui, mais un cadavre encore plus, se disait le garçon, indécis. D'un autre côté, il avait peur, s'il téléphonait, que les bagarreurs ne se retournent contre lui et viennent lui faire une visite derrière le comptoir.

Les deux retraités étaient également dans les affres : devaient-ils se faire tout petits dans leur coin de salle en attendant la fin des hostilités, ou s'enfuir, mais en traversant le champ de bataille ?

Le vagabond rigolait en silence.

Enragé par le jet de chaise, le voyou sortit soudain un couteau de son blouson.

« Il va nous assassiner le témoin », pensa Morphée.

Il s'exclama, pour attirer l'attention de Michel :

— Holà ! on n'est pas au Far-West, ici !

Michel se retourna et vit le couteau.

— David ! hurla enfin Marie.

Après son hurlement, il n'y eut plus que des bruits de respiration, puis la voix de Michel :

— Pas de couteau, dit-il fermement. Ou alors chacun un.

— Toi, je t'ai dit de la fermer, dit le voyou en marchant sur Michel comme si provisoirement David n'existait plus.

Michel pencha le corps en arrière et avança la jambe gauche de telle manière que le côté de son pied gauche vint entraver la progression de la jambe droite de son adversaire, qui dut forcément consacrer son attention et son énergie à ne pas trébucher. Michel en profita pour lui porter un coup de poing entre le nez et la lèvre supérieure. Un coup de pied dans le poignet suivit aussitôt et fit voler le couteau dans le café, ce qui provoqua deux cris parfaitement simultanés des deux retraités.

— J'appelle la police ! dit le garçon, de la voix trop décidée de celui qui meurt de peur.

Il décrocha son téléphone.

Michel, plus pour la vraisemblance que pour faire mal, saisit le loubard à demi assommé par les revers de son blouson, lui fit parcourir deux mètres à reculons et le lâcha à grand fracas parmi les tables, non loin de Morphée.

— Police ? dit le garçon d'une voix à peine audible. Café des Carpates, place des Carpates, il y a une bagarre, vite !

Ce qui n'était pas feint, ce fut la hâte de Michel à quitter le café : il ne s'agissait pas que la police arrive et fasse tout rater...

— Moi, je me tire, dit-il sans s'adresser vraiment à David.

— Viens, on se tire aussi, dit David à Marie.

Ils se retrouvèrent tous les trois sur le trottoir.

— Merci, dit David.

— C'est con, dit Michel, j'avais encore soif.

Il leur sourit, légèrement et vite, mais irrésistiblement.

— Si tu veux, j'habite tout près, dit David.

23

David et Marie habitaient au 8 de la rue Duviard, au cinquième étage, un appartement tout en longueur. La première pièce, à gauche du couloir, était une chambre. Marie y pénétra comme une somnambule, se jeta à plat ventre sur le lit et ne bougea plus. Ce devait être une conduite habituelle, car David n'y prêta pas attention outre mesure. Michel le suivit dans la dernière pièce, une salle de séjour agréable qui donnait sur la rue Duviard. Deux ou trois meubles et trois ou quatre objets avaient dû coûter un bon prix. Le ménage n'était pas fait.

Ils entendirent le bruit lointain d'une sirène de police.

— Assieds-toi, dit David. Comme tu vois, c'est moi qui fais le ménage.

— Chez moi aussi, c'est moi qui fais le ménage, dit Michel.

Il alluma une cigarette. David prit une bouteille de calvados et deux verres dans un placard. Il était calme, presque détendu, malgré sa mission au parc et malgré la scène du café. Michel l'observait sans arrêt. Comme Morphée et lui l'avaient pensé, David n'était évidemment pas quelqu'un d'important, mais pas non plus un petit voyou des rues.

Et sûrement pas un tueur, Michel en était certain.

Simplement, il ne supportait pas qu'on touche Marie.

Michel et David s'entendirent très bien. Ils burent en un temps record ce qui restait de la bouteille, une bonne moitié, en bavardant et en riant. Michel s'arrangea pour glisser dans la conversation quelques allusions discrètes à un passé de délinquant fictif. Il ne posa aucune question à David.

— J'espère qu'elle n'est pas malade, dit soudain David. Marie.

— Elle s'appelle Marie ?

— Oui. Moi, c'est David.

— Michel, dit Michel en lui tendant la main.

Ils se serrèrent la main.

— C'est joli, Marie. C'est normal, elle est très jolie.

— Elle boit trop, dit David. Je vais voir si elle dort.

— Moi, c'est le tabac, dit Michel en allumant une nouvelle cigarette. Elle boit vraiment trop ?

— Oui. Je vais voir si elle dort, tu m'attends une seconde ?

La chose la plus certaine que Michel sû de David, c'était qu'il était fou de Marie.

David revint et se rassit.

– Elle dort ?

– Comme un ange, dit David.

– C'est normal, c'est un ange, dit Michel.

C'est aussi ce que pensait David, même s'il ne se l'était jamais formulé ainsi. Décidément, Michel lui plaisait de plus en plus. Il retourna la bouteille vide et la secoua.

– On en attaque une autre ? dit-il.

Michel luttait contre des bouffées d'ivresse, tout en veillant à paraître plus soûl qu'il n'était.

– Allez ! Je te rendrai ça un de ces jours, tu viendras chez moi.

David se leva.

– Tu habites où ?

– Pareil, à la Croix-Rousse. Plus bas. C'est moins bien que chez toi.

Ils eurent très chaud tout à coup. David ouvrit en grand les deux fenêtres de la pièce, qui n'étaient qu'entrebâillées, puis alla chercher une autre bouteille dans le placard.

Il l'ouvrit et emplit les verres.

– Remarque, je suis con, dit Michel, il faut que je me lève tôt demain. (Il ajouta après un bref temps d'arrêt :) Boulot. L'heure, c'est l'heure.

– Chiants, tes patrons ? dit David.

– Ça va. Corrects. Honnêtes. Enfin, honnêtes, c'est pas le mot, ha, ha ! (Il commenta :) C'est le calva. Moi, quand je bois, je me marre. Et les tiens ?

— Je ne les connais pas, dit David.

— Non ?

— Non.

— Jamais vus ? dit Michel, jouant la difficulté de croire une chose pareille.

— Non, pas ceux-là, dit David d'un air songeur. Ils me téléphonent. Et jamais plus d'un petit moment.

— Comment ça ?

— Si c'est trop long, au bout d'un petit moment ils arrêtent, et ils me rappellent plus tard.

« Non localisables par écoute téléphonique », pensa Michel.

— Des pros, dit-il. Des malins qui pensent à tout.

— Oui, c'est ça, dit David.

Michel sut sans le moindre doute qu'il ne lui mentait en rien. Et aussi qu'il ne dirait pas un mot de plus sur son travail.

Les deux hommes étaient assis face à face, coudes sur la table, la bouteille entre eux, légèrement penchés en avant, dans une posture symétrique que Michel rompit en posant le canon de son revolver sur le front de David.

— C'est vrai, ce mensonge ? dit-il d'une autre voix. Tu as bien un petit numéro de téléphone ?

David domina presque instantanément son ivresse, sa peur, sa surprise. C'était étonnant. Et il fit disparaître encore plus vite de son regard une lueur de désapprobation et de confiance trompée, ce qui provoqua en Michel un élancement de remords, car il avait bien senti que David, à part Marie, n'avait pas dû faire confiance à grand monde dans sa vie.

— Qu'est-ce qui te prend ? Qu'est-ce que c'est que ça ? dit David d'une voix également transformée.

— Un Manurhin de la police.

— Un flic ?

— Inspecteur Michel Rey, Brigade criminelle.

— Bravo, tu es fortiche.

— Morphée ! hurla Michel. (Du même ton qu'avant le hurlement :) Alors, leur téléphone ?

Il posait la question pour la forme. Il savait que David avait dit la vérité. Sans le quitter des yeux, il alla rapidement ouvrir la porte de l'appartement.

— Pas de numéro de téléphone, dit David. C'est eux qui appellent.

Morphée arriva dans la pièce. David ne sembla pas le reconnaître.

— Bonjour, lui dit Morphée. (À Michel :) Dis donc, j'ai eu peur. Tant qu'à faire de réveiller tout le quartier, tu aurais pu gueuler aussi : « Tout va bien. »

— Tu as raison, mon vieux Morphée. Excuse-moi.

Michel s'en voulait de ne pas y avoir pensé. Il se rendait compte que Morphée avait eu peur.

— En plus, dit Morphée, les gens se seraient rendormis tranquilles...

Il s'approcha de David et entreprit de le fouiller.

— À ton avis, qu'est-ce que c'est, cette histoire de cassette ? dit Michel.

— Je n'en sais rien, dit David. Je m'en fous.

— Mais encore ?

— Je ne sais pas. Un petit chantage à la con ?

— Pas d'arme, dit Morphée.

— Et dans l'appartement ? demanda Michel à David.

— Pas d'arme chez moi.

— D'accord, dit Michel, on te croit. « Chantage à la con », sûrement. « Petit », c'est moins sûr. Il y a eu deux morts aujourd'hui.

Cette fois, David eut peur. Les deux flics l'avaient suivi, l'avaient vu, pas d'espoir de ce côté, impossible de nier. Deux morts ! Les juges parlent vite de complicité. Et les employeurs ont vite fait de charger le petit personnel. Le secret avait du bon, mais aujourd'hui il avait l'occasion d'en éprouver les inconvénients : il ne savait pas, il n'avait jamais su dans quoi il mettait les pieds. Eh bien ! pour une fois qu'il l'apprenait, c'était par les flics, et c'était la bonne ! Deux morts !

Il avait peur de la prison. Peur de ne plus voir Marie. Et peur qu'elle ne le voie plus, qu'elle se retrouve seule.

Marie, que toute cette agitation avait tirée du sommeil, apparut soudain à l'entrée de la pièce. Quand elle vit l'arme de Michel, elle ouvrit la bouche, mais elle retint son cri, comme au café.

David lui dit avec fermeté :

— Ce n'est rien, Marie. Va te recoucher.

— Qu'est-ce qu'ils veulent ? dit-elle.

— Rien, je t'assure. Rien de grave. Dans cinq minutes, c'est fini. Va te recoucher.

Elle avait gardé son blouson et son jean. Ses cheveux lui cachaient en partie le visage. Son maquillage avait tenu bon. Telle qu'il la voyait maintenant, Michel ne lui donnait pas plus de dix-sept ans. Morphée la fixait. On ressentait en sa présence quelque chose d'exaltant et de désespérant à la fois.

— C'est sûr ? dit-elle à David d'une petite voix.

— Sûr. Va vite te recoucher et ne pense à rien, j'arrive dans cinq minutes. Promis. Et ferme ta porte.

Elle le croyait contre l'évidence. Elle lui faisait une confiance de bébé.

Michel et Morphée attendaient sans rien dire.

Elle repartit dans le couloir. On l'entendit refermer la porte de la chambre, comme David lui avait dit de le faire.

— Tu n'as jamais été condamné ? demanda Michel.

— Non.

— Elle non plus ?

— Non.

— Tu as un métier déclaré ?

— J'ai un frère qui vend des maisons préfabriquées. Je l'aide un peu. Il me déclare.

— Tu t'entends bien avec lui ?

— C'est un con, dit David.

— Les autres, là, ceux qui n'ont pas le téléphone, tu travailles souvent pour eux ?

— Non. Ça arrive. Pas souvent.

— Ils te paient comment ? Par courrier ?

— Oui. Je reçois une enveloppe avant et une enveloppe après.

— Et la première fois ? Il y a bien eu un premier contact ?

— Non. C'était par un type qui ne les connaissait pas plus que moi.

— Ta seule chance de limiter les dégâts, c'est de me dire ce que tu sais d'eux. Réfléchis bien.

— C'est tout réfléchi. Je ne sais rien. Pas mal d'argent pour un boulot de rien du tout, c'est tout ce que je sais. La moitié avant, la moitié après.

Michel n'insista pas. Au fond de lui-même, il continuait de croire David.

— Ils doivent te rappeler quand ?

— Je ne sais pas.

— Je ne te conseille pas de leur parler de notre rencontre.

— Je ne suis pas fou, dit David.

Michel se leva et rangea son arme. On aurait dit qu'il changeait de scène, de rôle.

— Si jamais tu te souvenais de quelque chose… Si tu avais quelque chose à me dire, n'importe quoi, même un détail… Il y a un restaurant qui s'appelle Le Bouche-Trou, place du Change, dans le vieux Lyon. J'y suis à l'heure du déjeuner.

Coup de tonnerre pour David. C'était vraiment le jour des surprises. Il se leva lentement, sans quitter Michel des yeux. Michel regarda Morphée, qui lui communiqua sa propre stupéfaction (et sa réprobation) en haussant les sourcils et en arrondissant les lèvres.

— Vous ne m'embarquez pas ? dit David d'une voix sourde.

— N'insiste pas trop quand même, dit Morphée.

— Tu l'as reçue quand, la dernière enveloppe ? dit Michel.

— Hier.

David réfléchit. Trois secondes passèrent.

— Marie, vider les poubelles, c'est pas son truc, dit-il.

Il se dirigea vers une corbeille. Il fouilla et récupéra une enveloppe plus grande qu'une enveloppe ordinaire, matelassée, blanche.

Il la tendit à Michel. Michel la prit et la fourra dans son blouson. Puis Michel et Morphée quittèrent l'appartement. Ils s'engagèrent dans l'escalier. David n'avait pas refermé la porte derrière eux.

— Dis donc…

Michel se retourna.

— Merci, dit David.

Michel reconduisit Morphée. Dans la voiture, Morphée prit ses médicaments, non plus de grosses gélules roses, mais des petits bâtonnets blancs en lesquels il avait une telle confiance, depuis qu'il avait constaté leur efficacité, qu'il commençait à se sentir mieux dès qu'il les avalait.

— Tu es sûr qu'on a bien fait de ne pas l'arrêter ? dit-il.

— Sûr, non. Le but, c'est que les autres continuent de se croire tranquilles.

— À moins qu'il ne soit en train de leur téléphoner en ce moment, dit Morphée.

— Non. Je suis sûr qu'il ne m'a pas menti avant.

— Espérons-le.

L'enveloppe portait le cachet de la poste centrale de Bellecour. Au recto, en bas, presque sur l'arête, on distinguait une petite trace de couleur verte, peut-être de la peinture.

Michel déposa Morphée au bas de son immeuble. Morphée vit qu'il y avait de la lumière au sixième. Sylvie lui avait dit qu'elle l'attendrait, même tard. Ils vivaient de plus en plus ensemble, mais Morphée avait conservé son appartement, au huitième étage du même immeuble, avenue Henri Barbusse, en pleins « Gratte-Ciel » de Villeurbanne.

— Si tu veux venir boire un dernier calva, dit Morphée.

Michel luttait encore contre l'ivresse.

— Non, merci, dit-il en souriant.

— Ou autre chose.

— Non, merci, Morphée. Je suis vidé.

— Je te trouve un peu moins en forme, depuis quelque temps.

— C'est vrai, dit Michel.

— Tu as des soucis ?

— Sûrement. Deux ou trois. Rien de grave.

Morphée n'insista pas. Michel se confiait volontiers à lui. S'il ne parlait pas maintenant, c'est que ce n'était pas le moment.

— Tu embrasseras Sylvie. Tu lui diras que je me réjouis pour demain, dit Michel.

Il était invité à dîner chez eux le lendemain soir. Il s'entendait bien avec Sylvie, la compagne de Morphée depuis trois ans, mais dont Morphée ne lui avait parlé qu'un an auparavant. Michel se souvenait toujours de son étonnement quand il avait appris la nouvelle. Et de son étonnement, quelque temps plus tard, quand Sylvie avait littéralement deviné le rôle joué par Robert Rodrigue, le camarade de classe de Nadia, dans l'affaire Régis Mille.

— D'accord, dit Morphée. Ça va aller ?

— Bien sûr. Merci.

En démarrant, Michel songea une fois de plus à quel point il adorait Morphée.

TROISIÈME PARTIE

24

Michel trouva un message de Nadia (« L'oral de philo s'est bien passé, il fallait commenter un passage du pseudo-Denys : "Dieu est tout ce qui est, et rien de ce qui est", j'ai presque réussi à leur prouver que Dieu n'existait pas, un vieux catholique du jury est devenu tout pâle, je rentre demain comme prévu, je serai chez moi vers dix-huit heures, je t'embrasse, à demain au téléphone ») et un message de Claire Chameau (« Tiens-nous au courant, appelle, même tard, même très tard »).

– Tu es pénible, Saint-Thomas, pénible, pénible !

Le chat le bousculait pendant qu'il écoutait son répondeur. Michel finit par lui donner un peu à manger pour avoir la paix, une ration symbolique.

Il appela Claire. Il demanda aussitôt des nouvelles de David. David dormait, assommé par les calmants, mais c'était mieux ainsi, dit-elle. Michel raconta à Claire les événements de la soirée, beaucoup de remue-ménage pour presque rien, l'idée était bonne mais n'avait pas mené loin. En revanche, Anna Nova pouvait rentrer chez elle dès le lendemain. On continuerait de surveiller l'appartement du parc pendant quelques jours, mais le danger était passé.

– Anna Nova veut te parler, je te la passe ? dit Claire.

– D'accord. Attends une seconde… Tu veux qu'on déjeune au Bouche-Trou, demain ?

– Avec plaisir, dit Claire.

Elle fut étonnée. Les hasards du service faisaient parfois se retrouver Michel et Claire à la même table, mais une invitation en règle d'un jour sur l'autre, c'était nouveau.

Michel refit à Anna Nova un récit rapide de la soirée. De son côté, elle avait averti le peu de famille que Marie avait encore en Espagne, dans la région de Tolède, deux ou trois oncles et tantes plus ou moins indifférents. Puis elle évoqua l'enterrement de Marie. Michel comprit qu'elle redoutait cette épreuve, et qu'elle préférait que les choses aillent vite. Il fut bien obligé de lui parler d'autopsie.

Il était ému d'entendre sa voix. Il avait du mal à se souvenir de ses traits avec précision. Et il ressentit encore, atténuée, l'espèce de petite douleur qu'il avait éprouvée en sa présence.

Ils se dirent à bientôt.

Il raccrocha.

Il but un demi-litre d'eau, et mit dans son Pioneer CT-95 la cassette du célèbre *Chant de Nadine*, le premier succès de Nadine Rhode. La belle voix de Nadine Rhode s'éleva :

> *Je tremble de joie et de peur*
> *À ce qui vient et qui s'en va*
> *Je ne sais si je vis ou meurs*
> *Le jour sans fin ne finit pas*
>
> *J'attends la mort j'attends la vie*
> *Ce qui est venu reviendra*
> *Le jour est clair mon cœur aussi*
> *Je suis en prison dans mes bras...*

Michel n'écoutait guère que de la musique classique sur sa chaîne (de peur, avait-il dit un jour en plaisantant à John Harry Ga, de souiller ses merveilleux appareils). Il faisait des exceptions, bien entendu, par exemple pour des chanteurs de flamenco qu'il aimait depuis l'enfance, tels Manolo Caracol ou Jose Menese – et, depuis un an, il se laissait parfois bercer par la voix si pure et si attirante de Nadine Rhode, l'idole de Régis Mille, comme si Régis Mille lui avait transmis sa passion.

> *Amours rêvées de ma jeunesse*
> *Se sont enfuies avec le temps*
> *Mais que jamais ne disparaisse*
> *Le souvenir que je t'attends*

La solitude me dévore
Encore une saison passée
Chaque matin l'aube s'endort
Au creux des anciennes années...

Il alluma une cigarette et alla dans la pièce sur cour qui lui servait d'atelier, trop petite, mais suffisante tant qu'il ne fabriquait pas plus de deux ou trois instruments dans l'année. L'établi bien propre, les outils suspendus en bon ordre, les bois empilés, les schémas affichés au mur, tout était prêt. Au mois d'août, dans la ville déserte, il fabriquerait le nouvel instrument. Il avait prévu un manche plus plat, mais consolidé par deux renforts internes au lieu d'un, et, sous la table d'harmonie, un système différent de baguettes de renfort, un barrage en étoile dont il avait eu l'idée récemment.

Il revint dans la pièce où, grâce à son nouveau système d'amplification si puissant, si dynamique, si chaleureux, et grâce à ses enceintes Rogers si neutres, si sensibles et si fidèles, Nadine Rhode semblait présente en chair et en os.

Je ne saurai pas qui je suis
Étrangère à mon territoire
Avec mes larmes s'est tarie
La belle image du miroir

Soucis douleurs et mauvais rêves
Sont les maisons de mon voyage

114

Et toujours commence et s'achève
Le cours ennuyeux de mon âge

Aveuglée par le grand soleil
J'attendrai que la nuit m'éclaire
Ici et là-bas sont pareils
Ici et là-bas je me perds…

Michel se tint devant ses appareils, prêt à les arrêter. Il n'écoutait jamais que le *Chant de Nadine*. Les autres chansons n'avaient pas le même charme et lui donnaient vite le cafard.

Il pensa avec une sorte d'émotion au moment où il avait découvert, dans l'appartement de Régis Mille, une armoire pleine de revues de hi-fi.

Je tremble de joie et de peur
À ce qui vient et qui s'en va
Je ne sais si je vis ou meurs
Le jour sans fin ne finit pas.

Clac ! il arrêta le magnétophone. Puis il mit à zéro le bouton de volume de son préamplificateur Bel Canto « Tosca », d'allure si raffinée.

Et il s'émerveilla encore du pouvoir qu'avait une chaîne haute-fidélité, un misérable tas de matière, à vrai dire, de recréer la vie.

25

– Oui, c'est sûrement un peu de peinture verte, dit Paul Mazars en examinant l'enveloppe. Tu peux toujours la montrer à Antoine, mais qu'est-ce qu'il va te dire de plus ? Que le type qui l'a cachetée a le nez en trompette ? Son nom et son adresse, son numéro de Sécurité sociale ?

Mazars ne semblait pas de très bonne humeur ce matin. Michel rit poliment et demanda :

– Pas de fille disparue qui pourrait être la petite de la cassette ?

– Comme tu sais, on la voit mal. Autant dire qu'on ne la voit pas. Deuxièmement, on n'est pas sûrs qu'elle soit morte. Troisièmement, il y a des tas de gens qui disparaissent sans que personne signale leur disparition.

– Eh oui, je sais, dit Michel.

– Dis donc, tu es sûr que vous n'auriez pas mieux fait de l'arrêter, hier soir, ce David Forest ?

« Nous y voilà », pensa Michel.

Mais, avec son extraordinaire finesse (presque

aussi extraordinaire que celle de Nadia), il sentit que David Forest n'était pas la vraie raison de la mauvaise humeur de Paul.

— L'arrêter… au parc ?

— Non, pas forcément. C'était plutôt une bonne initiative de le filer. Je t'étonne, hein ? Morphée m'a convaincu. Il a bien défendu votre travail. Non, mais chez lui ? Après ses aveux ? C'est peut-être ce qu'on aurait dû faire, non ?

Michel sut gré à Paul du « peut-être » et du « on ».

— Franchement, je crois que c'est mieux comme ça. Ses chefs vont continuer de se croire à l'abri.

— C'est vrai, dit Paul. Mais s'il t'a mené en bateau ?

— Je pense qu'il m'a dit la vérité. C'est une question de psychologie. Vous pensez bien que je n'aurais pas laissé partir n'importe qui. Au fond, Paul, je suis sûr de moi. À cent pour cent. À quatre-vingt-dix-neuf, je l'aurais arrêté.

— D'accord, dit Paul. Si tu ne t'es pas trompé, il est évident que tu as bien fait. Mais méfie-toi quand même de la psychologie. Ça rend fou. (Il se détendit. Il ajouta en souriant :) Regarde notre ami François, la psychologie l'a rendu fou.

— Pourquoi ? dit Michel, étonné.

— Il s'est trop occupé de psychologie des terroristes pendant ses études. D'accord, les terroristes sont souvent des paranoïaques, mais ça doit être contagieux, parce que maintenant, c'est lui qui est paranoïaque. Il voit des terroristes partout. Il a peur d'un attentat contre le prix Nobel, samedi. Dis-moi, mon grand, tu viendrais dîner un de ces soirs ? dit Paul, changeant soudain de sujet, de ton et de visage.

— Avec plaisir.

— Cette semaine ?

— Très bien. Ce soir, je dîne chez Morphée, et jeudi, c'est l'anniversaire de Nadia. Sinon, quand vous voulez.

— Vendredi ? Le 5 ?

— D'accord.

— Parfait. Ça fera plaisir à Martine. Elle ne va pas très bien, en ce moment.

« Cette fois, nous y voilà », pensa Michel.

— Rien de grave ?

— Non. (Il hésita.) Parfois, elle est triste de ne pas avoir eu d'enfant.

Jamais Paul Mazars n'en avait tant dit à Michel. Michel eut un air si sincèrement désolé que Mazars faillit sourire malgré les circonstances.

Michel partit pour l'hôtel de police. Ce mardi s'annonçait comme une journée de corvées routinières. Morphée, qui sentait à quel point Michel était soucieux et tendu, en avait pris une bonne part pour lui.

On avait trouvé des empreintes digitales récentes de Marie Livia-Marcos chez Donato Gellemi. On pouvait tenir pour certain qu'elle avait dormi chez lui la nuit du dimanche au lundi, et que Donato était l'ami qui lui avait passé le faux *To Live and Die in L.A.* Morphée devait aller dans la matinée à Saint-Genis-Laval pour interroger le P-DG des machines-outils Gellemi, Pierre Gellemi, père de Donato. Théo Lafont, le laid séducteur de femmes mariées, avait tenu à l'accompagner. Il s'initiait avec Morphée au fonctionnement de ce commissariat où il était nouveau, et de plus il se délectait de son humour et de ses jeux de mots.

En revanche, il craignait un peu Michel.

– Je n'ai pas peur d'un attentat, dit François Francis, j'ai seulement dit à Paul que, par les temps qui courent, il vaut mieux ne pas exclure la possibilité d'un attentat. Donc, qu'il aurait mieux valu assurer à Johann Gothenmaschlinbach une protection digne de ce nom. La protection actuellement prévue me paraît un peu légère, c'est tout. Mais il exagère, je ne suis pas inquiet. Et toi, ça progresse ?

– Et comment ! dit Michel. J'ai une enveloppe avec deux millimètres de peinture verte dessus, je n'ai plus qu'à arrêter le chef.

François sourit. Il avait l'air encore plus distingué quand il souriait.

– Je vais quand même la montrer à Antoine, dit Michel en se levant.

François le raccompagna à la porte.

– Sois prudent, lui dit-il. J'ai l'impression que vous êtes tombés sur des vrais de vrais, cette fois.

26

Guy Lacrif, le nouvel administrateur d'immeubles, s'était installé Dieu sait pourquoi dans des locaux plus petits, au 100 de la rue de Sèze. Le 100 faisait presque face au 111, où habitait Robert Rodrigue, si bien qu'en se garant Michel eut l'impression désagréable d'un retour dans le temps. Il savait par Nadia que Robert avait raté l'écrit du concours, ce qui était prévisible. Il allait mal, il avait souvent manqué les cours, il s'isolait de plus en plus.

La secrétaire de Lacrif, Mlle Masse, une femme d'un certain âge aux cheveux teints, à l'air triste, accueillit Michel plutôt gentiment. Il la trouva moins antipathique qu'au téléphone.

— Vous avez rendez-vous ? dit-elle.

— Oui.

— Avec M. Lacrif personnellement ?

— Oui. M. Lacrif m'attend à onze heures et demie.

Rendez-vous difficile à obtenir, Michel avait dû inventer une histoire compliquée.

– Vous êtes ?

– M. Milon. Michel Milon.

Elle décrocha le téléphone.

– M. Lacrif ? M. Milon est dans mon bureau. Très bien. (Elle raccrocha.) La porte à gauche, dit-elle à Michel avec une tentative de sourire.

Guy Lacrif, un homme très jeune, avait la bouche molle, le nez pointu et le haut du visage envahi par d'épaisses lunettes grossissantes qui semblaient lui mettre les yeux hors de la tête.

– Asseyez-vous, je vous prie. Je ne suis pas sûr d'avoir très bien saisi ce que vous m'avez expliqué au téléphone…

– Oui, je me suis un peu embrouillé, dit Michel en s'asseyant. En fait, je suis le neveu de Mme Madeleine Cachard, qui habite rue Pierre Blanc, au 2.

Il sortit la quittance de sa poche. Guy Lacrif comprit qu'il s'était laissé abuser par un fâcheux.

– Rien à voir avec ce que vous m'avez raconté au téléphone, alors ? dit-il d'une voix sèche.

– Rien à voir, dit Michel.

– Le procédé est élégant, dit Lacrif. Je devrais vous mettre à la porte.

– Ce n'est pas comme le procédé, répondit posément Michel, qui consiste à proposer à une vieille dame démunie l'économie d'une chaudière de manière à lui faire signer n'importe quoi sans qu'elle ose protester.

Les yeux de Guy Lacrif grossirent encore.

– Qu'est-ce que vous voulez exactement ? dit-il.

– J'ai ici la dernière quittance de loyer de Mme Cachard, qui s'étonne d'une augmentation de six cents francs. Non motivée. Pas plus que ne serait motivée en ce moment l'officialisation par bail de cette augmentation, à plus forte raison si elle devait être encore plus importante.

– Non motivée, c'est vous qui le dites. Vous avez lu les explications portées sur la quittance, je suppose ? Il s'agit du réajustement normal de loyers qui n'ont pas bougé depuis douze ans.

– Avant les loyers, il y aurait bien des choses à réajuster dans l'immeuble, dit Michel. C'est une construction vétuste, vous le savez. Aucune norme de sécurité n'est vraiment respectée. Gaz, installation électrique, dégagements en cas d'incendie, rien n'est conforme. Sans parler de cent autres détails. Il y a même des cheminées branlantes, trois sur les six. Suivant les conseils de Me Camille, avocat à Chaponost, qui est un de mes amis, j'ai fait faire un devis approximatif. Sans rien d'officiel, rassurez-vous, en toute discrétion, c'est un autre de mes amis qui s'en est occupé. Le montant des travaux nécessaires s'élèverait au moins à un million cinq cent mille francs. Je dis bien au moins. Comptez deux millions, pour être tranquille. Quand ces travaux seront faits, vous pourrez songer à réajuster les loyers. Avant, selon les termes simples et nets de Me Camille, il n'en est légalement pas question.

122

« Si jamais il enlève ses lunettes maintenant, se dit Michel, les yeux viennent avec. »

Michel avait bien un ami qui s'appelait Pierre Camille, avocat à Chaponost, mais le reste était pur bluff et pure invention.

— Montrez-moi cette quittance, dit Guy Lacrif d'une voix moins assurée.

27

Michel entra au Bouche-Trou à une heure moins vingt. Claire Chameau était déjà là. Elle était trop intelligente pour avoir fait un effort visible de coquetterie, sinon recoiffer ses longs cheveux blond foncé quand elle était arrivée au restaurant. Elle savait que Michel la voyait en amie, et elle était assez forte et assez gentille pour l'accepter de bon cœur. Michel l'embrassa et alla saluer Mariquita dans les cuisines.

Il lui trouva l'air encore plus fatigué que d'habitude.

— Pourquoi venir tous les jours au restaurant ? lui dit-il avec une ombre de réprobation.

— Tu as raison, Michel, tu as raison. Je sais. Mais quand je reste chez moi, je m'ennuie trop. Une fois que j'ai passé deux ou trois coups de fil à des amies de mon âge qui me racontent leurs maladies...

— Je comprends, dit Michel. Mais peut-être que tu pourrais venir et travailler moins. Ne pas servir. Rester assise, te lever seulement pour accueillir tes clients préférés avec ton joli sourire.

– Oui... Non. Si je viens, je sers. J'aime trop faire le service dans mon restaurant. Ne t'inquiète pas. La paella est bonne, aujourd'hui.

– Plus que d'habitude ?

– Non, dit-elle en souriant.

Michel et Claire avaient la meilleure table, celle d'où la vue était la plus belle sur la place du Change, pavée, légèrement en pente, et dont l'un des côtés était tout entier occupé par le Temple.

C'est dans ce Temple qu'était mort bien des années auparavant, d'une crise cardiaque, le célèbre pianiste Rainer von Gottardt. Il était présent, en tant que spectateur, à un concert de bienfaisance organisé comme chaque mois d'août par Isabel et Heitor Dioblaniz, des Boliviens propriétaires des laboratoires pharmaceutiques Dioblaniz. Ç'avait été le dernier de ces concerts : les Dioblaniz, instigateurs d'un enlèvement d'enfant et d'un horrible méfait chirurgical destiné à rendre la vue à leur propre enfant aveugle, avaient été arrêtés par la police peu de temps après. Un musicien lyonnais, Michel Soler, était aux côtés de Rainer von Gottardt au moment de sa mort, et avait été mêlé bien malgré lui aux événements. Or, ce Michel Soler était l'auteur, en plus d'une biographie de Rainer von Gottardt, d'un ouvrage sur Bach, *Les fugues de Bach*, devenu un classique, que Michel Rey avait lu au moins deux fois. Nadia, elle, s'en servait

pour ses interprétations et le connaissait quasi-
ment par cœur. Elle avait même un jour écrit à
l'auteur, mais la lettre était restée sans réponse.
La maison d'édition ne savait pas ce qu'il était
devenu.

Claire parla beaucoup d'Anna Nova, parce
qu'elle savait qu'au fond Michel le souhaitait, mais
elle ne donnait pas pour autant l'impression d'être
la malheureuse de mélodrame qui s'efface et
œuvre pour l'amour des autres. Bien au contraire,
elle restait pleinement elle-même et manifestait
toute sa vivacité, toute sa gaieté et à vrai dire
toute sa séduction.

Pour Michel, l'idée qu'elle était mariée restait irréelle. Elle faisait rarement allusion à son mari. Paul
l'avait vu une fois et avait dit à Morphée qu'il était
très beau, plus jeune qu'elle, et qu'il élevait des lapins à une cinquantaine de kilomètres de Lyon, du
côté de Bourg-en-Bresse. Michel aborda discrètement le sujet du mari, au cas où Claire aurait envie
de lui en parler à lui et aujourd'hui, ce qui était le
cas. Les lapins, c'était fini, dit-elle à Michel. Elle expliqua que Marco, son mari, n'avait pu se résoudre
à laisser partir les lapins pour la boucherie. Il s'était
attaché à eux, et même à chacun d'eux, au point de
leur donner des noms ou des numéros peints sur
leur pelage. Maintenant, il les nourrissait en attendant qu'ils meurent de leur mort naturelle. Du
point de vue financier, un désastre. Depuis peu, il
s'était reconverti dans les fleurs. Mais Claire redou-

tait, dit-elle, le moment où il devrait couper les ti-
ges, elle n'était sûre de rien.

Pendant la paella, Mariquita fit un signe à Michel : Morphée le demandait au téléphone.

— J'ai vu Gellemi père, dit Morphée à Michel.
Comme prévu, rien d'intéressant de ce côté. Il ne
sait rien de la vie de son fils, et depuis longtemps.
Je n'ai jamais vu un type pleurer comme ça. Soit il
a une faiblesse des yeux, soit il crève de culpabilité. Théo a failli se mettre à chialer aussi. C'est le
genre sensiblard, ce Théo, comme sont parfois les
demeurés, tu vois ce que je veux dire ?

— Très bien, dit Michel. Il te raconte toujours
ses exploits ?

— Oui. Incroyable, il a séduit la femme de son
banquier. Une grande rousse pas mal, il est tellement bête qu'il m'a montré des photos. Je lui ai dit
de faire attention que ça ne revienne pas aux cor-
nes du mari...

— Ha, ha ! fit Michel.

— Je t'appelle de chez Sylvie. Figure-toi qu'elle a
un lumbago. On attend le médecin.

— La pauvre ! Tout le monde tombe malade, en
ce moment. Tu veux qu'on annule, ce soir ?

— Sûrement pas ! Tiens, tu l'entends ? Elle me
dit : « Qu'il ne saute pas sur l'occasion pour annu-
ler ! » Tu m'aideras à faire le service.

— Dis-lui que j'aurais été déçu de ne pas venir.
Je déjeune avec Claire, là. Un trésor, Claire. Elle
est en train de me parler de son mari.

– Ah ! oui, le mari de Claire… Il a un grain, non ?

– Une grange, dit Michel.

– Ha, ha ! fit Morphée.

Michel revint à sa table un peu ragaillardi par le bon rire de Morphée.

– C'est bien de la peinture verte, lui dit Antoine plus tard dans l'après-midi. Séchage ultra-rapide, d'après la composition de la molécule. Références possibles : Ripolin 3 A, ou Peinture-Luxe 2 A. J'hésite.

– Tu ne peux pas me dire si le type qui a léché l'enveloppe a le nez en trompette ? (Michel ajouta aussitôt :) Ce n'est pas moi, c'est Paul. (Ils rirent.) Merci, Antoine. Hélas, ça ne m'avance pas beaucoup. Ça ne me rapproche pas du moment où je pourrai écraser les coupables comme des moustiques. Mais ça m'a donné le plaisir de te dire bonjour cet après-midi.

– Plaisir partagé, dit Antoine. Tu as souvent écrasé des moustiques, toi ?

– Jamais, dit Michel. C'était une façon de parler. Je prends des risques graves pour les faire sortir vivants de ma chambre.

– Moi, c'est pareil. Quand j'avais huit ans, j'ai tué un lézard avec un lance-pierre. Je ne m'en suis jamais remis. C'était le long de la Rize, tu sais, cette espèce de ruisseau qui traversait une partie de Cusset ?

— Oui, j'ai connu, dit Michel.

— Asséché depuis longtemps, évidemment. J'allais à l'école primaire en suivant la Rize, par un sentier de terre. C'est drôle, hein ? Il y a encore une rue de la Rize, à Cusset. Ou une avenue, je ne sais plus.

— Avenue, dit Michel. Avenue de la Rize.

Sur le chemin du commissariat, Michel s'arrêta dans un magasin de disques et acheta une messe de John Sheppard (1520-1563) à cause de son titre, *Be not Afraide*, exhortation qui lui parut tout indiquée dans son état de peur profonde d'il ne savait quoi. Une version qu'il n'avait pas encore de la cantate BWV 85, de Bach, *Ich bin ein guter Hirt*, « Je suis un bon berger », surtout pour l'air d'alto, chanté par Gabriele Schreckenbach, qu'il aimait particulièrement, l'air et la chanteuse. Et la *Septième symphonie* d'Anton Bruckner par Heinz Rögner et le Rundfunk-Sinfonie-Orchester, par curiosité, parce qu'il lut sur la pochette que l'œuvre était jouée nettement plus vite que d'habitude.

Il s'arrêta aussi au grand kiosque des Brotteaux pour prendre la revue anglaise *Hifi News*, sur la couverture de laquelle il put admirer les enceintes canadiennes Energy Veritas v2.8.

Au commissariat, il s'ennuya une heure et demie à examiner de près le dossier de Donato Gellemi et à passer une quinzaine de coups de téléphone inutiles. L'affaire Gellemi-Livia-Marcos semblait se refermer sur elle-même en gardant son secret.

Paul Mazars, souffrant de coliques néphrétiques, ce qui lui arrivait une à deux fois par an, était rentré chez lui en taxi après le déjeuner. (« Ça y est, un malade de plus », avait pensé Michel.)

À cinq heures et demie, il reçut un appel de Morphée, qui avait eu un faux espoir. En début d'après-midi, après qu'il avait laissé Sylvie apaisée et somnolente sous l'effet des médicaments analgésiques, il s'était rendu (toujours avec Théo) dans l'appartement de Marie Livia-Marcos pour quelques ultimes vérifications. Or, pendant qu'il était sur place (et tentait, en vain, de ne pas se laisser envahir par les images de la veille), quelqu'un avait téléphoné. Morphée et Théo avaient écouté le message : il s'agissait, Morphée l'avait aussitôt compris, du médecin généticien russe de passage à Saint-Étienne, qui s'étonnait de l'absence de Marie, se disait désolé de ne pas la voir, et regrettait de ne pouvoir lui montrer la cassette dont il lui avait parlé. Sans conviction, ils avaient fait un saut à Saint-Étienne et avaient pu rencontrer Oscar Krakowski au Grand Hôtel Excelsior, place des Minimes, en plein cœur de la ville. L'homme avait bien une cassette à montrer à Marie, mais il s'agissait d'un ensemble de documents filmés par des journalistes, d'un montage de cérémonies dont Krakowski était le héros (le clou du spectacle étant évidemment la remise du Nobel). « Il montre ça aux femmes pour les éblouir, dit Morphée. En tout cas, il n'a rien à voir avec notre affaire. Il est épais, puéril, vantard, mais j'ai rarement vu un type aussi sympathique. Il a vraiment eu du chagrin quand je lui ai annoncé la nouvelle. »

Puis Morphée était rentré chez lui, d'où il appelait Michel. Il en avait assez, il ne bougeait plus, il allait descendre au sixième tenir compagnie à Sylvie.

– On t'attend, mon grand, conclut-il.

Michel aussi en avait assez. Un dernier coup de fil pour prendre des nouvelles de Paul, et il s'en irait. Il tomba sur Martine. Elle lui dit qu'elle serait contente de le voir vendredi. Elle ne pouvait pas lui passer Paul, parce qu'il dormait, il avait eu une piqûre. Mais ils connaissaient bien ces crises, ils avaient l'habitude : demain, après-demain au plus tard, tout serait rentré dans l'ordre.

À six heures pile, rue Pierre Blanc, Michel appela Nadia, le cœur battant de cinq à dix pulsations de plus par minute.

Elle décrocha aussitôt.

– Quel plaisir de t'entendre ! lui dit-elle.

– Moi aussi, dit Michel. Alors, le concours ?

– Je crois que ça va. J'espère que je n'ai pas indisposé le jury de philo, surtout le vieux catholique. Tu m'appelles de chez toi ?

– Oui. Je vais dîner chez Morphée. Et toi, tu fais quelque chose ?

– Non, rien. Repos, musique. Peut-être un saut en taxi chez Mariquita. Tu veux passer après ton dîner ?

– Oui, bien sûr. Tu préfères que je te dise une heure ?

– Non, viens quand tu veux. Je suis fatiguée, mais je n'ai pas sommeil.

– D'accord, à tout à l'heure.

– À tout à l'heure !

Avant de partir, Michel écouta en entier la *Septième symphonie* de Bruckner dans la version qu'il venait d'acheter. Selon son pressentiment, cette musique pouvait gagner à être jouée plus vite et avec plus de nerf, elle laissait mieux entendre son unité – à l'entendement de Michel, en tout cas, sinon à celui de Saint-Thomas, que certains éclats d'orchestre faisaient accourir, mécontent, l'œil tout rond, et qui repartait aussitôt en rasant les murs, montrant ainsi clairement à son maître qu'il préférait sans discussion les versions d'Eugen Jochum et de Bernard Haitink auxquelles il était habitué.

Michel écouta d'abord avec attention, puis ne tint plus en place. S'il avait su que l'anxiété provoquée par le retour de Nadia prendrait ces proportions, il aurait annulé le dîner chez Morphée et serait allé attendre sa sœur au train. Il partit en avance et acheta des fleurs pour Sylvie chez le fleuriste de la place Bellecour, celui qui restait ouvert tard et qui avait les oreilles transparentes comme du papier. Chez Sylvie et Morphée, son anxiété prit une forme inverse : il aurait presque souhaité prolonger la soirée le plus longtemps possible, pour reculer le moment d'affronter Nadia. Les douleurs de Sylvie s'accrurent après le dîner, et elle ne tarda pas à aller s'allonger, si bien que Morphée et Michel restèrent seuls. Michel avait envie de parler à son ami, mais il était noué, les mots ne venaient pas, ce n'était pas encore le jour… Morphée le sentit et proposa une partie d'échecs. Michel accepta, c'était une bonne idée, ils n'avaient pas joué depuis longtemps. À onze heures moins vingt, Michel, par distraction, prit son roi pour sa reine et lui fit exécuter à travers le jeu un prodigieux déplacement au terme duquel il annonça, très sûr de lui : « Échec et mat, mon pauvre Morphée ! » Un fou rire s'ensuivit, qui mit un terme à la partie.

28

Nadia Rey habitait en plein centre de Lyon, rue Bellecordière, un grand deux-pièces (que lui louait pour une somme modique un juge d'instruction ami de Michel) au cinquième et dernier étage de son immeuble. La rue Bellecordière longeait l'hôpital de l'Hôtel-Dieu, où Michel était né trente-quatre ans plus tôt.

Leur différence d'âge (quinze ans) s'expliquait par une longue séparation des parents, mariés, divorcés, remariés, et qui avaient conçu Nadia lors de leurs retrouvailles. Le père, malade, était mort peu après la naissance de Nadia, puis la mère, dans un accident de voiture. La mère avait une sœur, Mariquita, qui avait recueilli Michel et Nadia. Physiquement, le frère et la sœur ne se ressemblaient pas.

À onze heures moins deux, Michel frappa à la porte de Nadia. Elle ouvrit.

Elle était vêtue d'une petite robe noire, courte et collante. Elle avait d'épais cheveux blonds (qui cette année lui arrivaient aux épaules) toujours plus ou moins emmêlés malgré brosses, peignes et shampoings spéciaux. Çà et là, des mèches un peu plus foncées, ou beaucoup plus. Entre les deux, entre le plus clair et le plus foncé, toutes les nuances du blond étaient présentes, même si le blond clair l'emportait nettement. Cette superbe chevelure, légèrement ondulée, par endroits presque frisée, semblait chaude, vivante, changeante, et pour ainsi dire caressante, tellement on avait envie de la caresser.

Elle avait un joli nez droit, comme celui de son frère, mais ni l'un ni l'autre ne ressentaient ce détail comme une vraie ressemblance.

Ses lèvres, du fait que le moindre frémissement de la pensée en modifiait à peine mais merveilleusement le dessin, et que la supérieure était à peine plus épaisse que ne l'auraient voulu des mesures communes, exprimaient une sensualité intense, mais pure, sans doute parce que le regard bleu foncé si naturel et si franc la purifiait.

Mais l'esprit, allant de perfection en perfection, comprenait sans tarder que le principe qui rendait parfaits cheveux, nez, lèvres, regard, était un principe essentiel installé au cœur même de l'adorable jeune fille et qu'il dispensait sa perfection à chaque point de son corps : si les mains, fines mais fortes, sans gracilité, paraissant même vigoureuses, étaient parfaites, ou parfaites les jambes, alors le menton et les épaules ne pouvaient que l'être aussi, et les sourcils et les genoux.

De sorte que ce que dissimulait la légère robe noire, l'esprit hésitait presque à l'imaginer, saisi de crainte sacrée, et redoutant une sorte d'anéantissement face à d'éblouissantes merveilles.

Michel vit à la première seconde que sa sœur avait couché avec Marc Lyon, et donc qu'elle avait perdu sa virginité. Mille pensées diverses l'assaillirent, qu'il s'efforça de repousser. Il réfléchirait chez lui tout en se livrant à ses activités solitaires, comme il avait coutume de le faire, plus tard, cette nuit, demain, les jours suivants, pendant qu'il écouterait de la musique, ou polirait une plaque de bois dans son atelier, ou tirerait sur la ficelle au bout de laquelle était fixée une balle de mousse pour débusquer Saint-Thomas d'un endroit ou d'un autre, ou pendant qu'il jouerait sa transcription pour guitare de la *Chaconne* en *ré* mineur de Bach.

Nadia l'embrassa.

— Viens, dit-elle.

Il la suivit dans la chambre, qui servait aussi de salon et de pièce de musique. Michel s'assit dans un petit fauteuil, dos au piano, Nadia sur le lit.

— Ça va ? dit-il.

— Ça va. Un peu fatiguée, mais ça va.

Elle ferma un instant les yeux et respira à fond, la tête légèrement renversée. Quelle harmonie, quel charme dans chacune de ses attitudes !

— J'ai le pressentiment, pour ne pas dire la certitude, qu'après-demain on va fêter ta réussite à

Normale sup en même temps que ton anniversaire, dit Michel.

Elle sourit.

– Le petit dîner chez Mariquita, c'est bien, je suis contente. Après... les danses idiotes, les heures qui passent, les gens qui ont bu... Heureusement que tu seras là !

Michel alluma une cigarette.

– Attends, on ne sait jamais, peut-être que tu t'amuseras. Robert va venir ? J'y pense, parce que je suis passé près de chez lui, cet après-midi.

– Je l'ai invité, mais il ne viendra pas. Il ne va plus nulle part. Tu veux boire ? Mon frigo est plein de bonnes choses glacées.

– Eau minérale, dit Michel. Qu'est-ce que je suis content de te revoir !

– Moi aussi !

Elle se leva.

Onze heures sonnèrent au clocher de l'Hôtel-Dieu, onze *do*. Aussitôt après, Michel fit entendre un *do* dièse sur le piano, puis trois *ré* bien martelés, pour soulager la tension engendrée par le *do* dièse, ce qui les fit rire tous les deux.

L'appartement de Nadia était devenu trop petit. Les livres l'envahissaient, les murs en étaient couverts. Une immense affiche, collée au plafond de la chambre, représentait le système solaire.

Michel aborda le premier le sujet pénible du déménagement. Si Nadia était admise à Normale sup, elle devrait habiter Paris, il fallait bien qu'ils en parlent.

— J'espère qu'on se verra quand même souvent, dit Michel.

— Bien sûr, dit Nadia avec élan. Aussi souvent que maintenant. Je viendrai une fois par semaine. Et si toi tu viens aussi un petit peu…

Mais ils savaient bien que quelque chose d'essentiel serait changé. Que Nadia, même à deux heures de train, vivrait dans un autre monde, sur une autre planète.

— Le piano ne t'a pas trop manqué ?

— J'ai pu en faire un peu. Chez Marc Lyon. Je l'ai vu assez souvent, dit Nadia avec naturel.

Elle donnait tellement l'impression de dominer son destin, de savoir où elle allait, que Michel en éprouva une sorte d'apaisement. Il aurait aimé, lui, savoir aussi bien où il allait. Il posa quelques questions au sujet de Marc Lyon en essayant d'être aussi naturel que sa sœur. Il apprit qu'il avait trente-neuf ans. Qu'il habitait rue Manuel, dans le IXe arrondissement de Paris (non loin de la rue de la Tour, où habitait la soprano Estella Klehr). Il estimait que Nadia, si elle renonçait à toute autre activité et se consacrait au piano, pourrait dans un an se présenter à des concours internationaux. Il allait l'aider à trouver un appartement. Il était plus ou moins fâché avec son père et venait rarement à Lyon. Il lui arrivait de voyager dans divers pays pour aider un chanteur à préparer un récital. Et il était très riche.

Puis ils parlèrent d'autre chose, des mêmes choses que d'habitude, de Mariquita, de musique – et, comme d'habitude, Michel demanda à Nadia de jouer du piano, il avait été privé trop longtemps de ce plaisir, lui dit-il.

Il l'écouta, plein d'admiration et de fierté.

Par la porte-fenêtre ouverte, on voyait les toits de Lyon, un véritable paysage de belles tuiles romaines éclairées par la lune presque pleine.

Michel fumait beaucoup.

À minuit et demi, Nadia se leva pour fermer la porte-fenêtre, elle dit à Michel que tout d'un coup elle n'avait pas très chaud. Elle leva le bras et tira aussi le rideau foncé.

– Tu m'appelles dès que tu as les résultats, hein ? dit Michel.

– Bien sûr. Demain dans la journée. Je t'appelle dès que je sais.

Revenant s'asseoir d'une démarche non moins harmonieuse que celle d'une biche ou d'une gazelle, ses longs cheveux ruisselant comme de la lumière sur son cou et ses épaules, elle illuminait la pièce de ses dix-neuf ans, de sa blondeur et de sa grâce.

Michel se retrouva tout éberlué dans la rue Bellecordière. Il eut un frisson. Nadia avait raison, il ne faisait pas si chaud. Personne dans la rue, silence total. La ville était déserte. Ses pas résonnaient fort, et la clé, quand il ouvrit la portière de l'Alfasud, produisit une sorte de vacarme. Il entendait les sons avec une netteté inhabituelle.

Il rentra en se laissant conduire par la voiture. Personne dans Lyon. Seules les lumières électriques signalaient la vie. Peut-être allaient-elles s'éteindre d'une seconde à l'autre, toutes d'un coup ?

Chez lui, Michel fut presque soulagé d'entendre marcher au-dessus la vieille Mme Cachard, qui faisait l'une de ses nombreuses rondes nocturnes. La vieille Mme Ruflet, celle du dessous, qui était plus fragile et plus délabrée que Cachard, et qui tirait une certaine gloire de ses diverses petites maladies, bien qu'elle dormît, elle, comme une souche, prenait parfois ombrage des insomnies de l'autre et insinuait qu'elle dormait en cachette une partie de la journée — mais c'était pure médisance, Michel le savait.

Il commença par embrasser son chat Saint-Thomas entre les oreilles, plusieurs fois de suite. Le chat, étonné, se laissa faire, mais resta dignement sur son quant-à-soi, comme désireux de comprendre ce qui se passait avant de faire lui-même le fou, ce qui néanmoins ne tarda guère.

Puis Michel, dans son petit atelier, contempla et caressa les pièces de bois superbes, sèches à point, dans lesquelles il taillerait sa prochaine guitare, sapin du Canada, palissandre du Brésil, cèdre d'Amérique latine.

Au mois d'août, si le destin le voulait.

Il décrocha le téléphone et composa le numéro d'Anna Nova. Mais il s'arrêta au sixième chiffre et raccrocha.

Il écouta deux des « chants sacrés » de Jan Pieterszoon Sweelinck, *Diligam te Domine* et *Tanto tempore vobiscum sum*, puis, tout en lisant dans *Hifi News* l'article sur les enceintes Energy Veritas v2.8, la si jolie valse du ballet *Mascarade*, d'Aram Khatchatourian, morceau qui supportait d'être écouté un peu fort, ce dont Michel ne se priva pas, puisque aussi bien Madeleine Cachard ne dormait pas. Quant à Clotilde Ruflet, un obus pouvait être tiré dans sa chambre sans modifier le rythme de sa respiration.

Tout en écoutant et en lisant, il pensait aux assassins de Marie Livia-Marcos. Il aurait voulu les arrêter cette nuit, tout de suite, et les traîner en prison.

Il apprit dans *Hifi News* que les Energy Veritas v2.8 réunissaient en un seul module de fréquences convergentes les deux haut-parleurs de fréquences aiguës et moyennes, de sorte qu'était réalisé une sorte d'idéal acoustique : les sons produits par ces deux haut-parleurs émanaient comme d'une source unique. Enfin, avant d'aller se coucher, il écouta non pas du Bach, comme tous les autres jours de la vie, mais le dernier quatuor écrit par Mendelssohn, le fameux *Requiem pour Fanny*, le seul morceau de musique que Michel avait tou-

jours un peu peur d'écouter, tellement on y percevait la présence de la mort, mais ce soir, comme il
l'avait pressenti, le quatuor lui apporta une sorte
d'apaisement.

29

Le lendemain mercredi, il faisait très chaud, le thermomètre avait grimpé de plusieurs degrés.

Michel avait mal dormi. Il se leva fatigué et maussade.

Il prit aussitôt des nouvelles de Mazars, dont les douleurs s'étaient calmées et qui serait sans doute à son bureau cet après-midi.

La cuisine était tout ensoleillée. Michel savoura un bon petit déjeuner, excellent même grâce à la confiture de framboises préparée par Clotilde Ruflet. (Elle lui en avait donné plusieurs pots, suscitant ainsi la jalousie de Cachard, qu'elle s'était empressée de mettre au courant.)

Après la douche, le rasage et cinq minutes consacrées au chat, Michel se sentit mieux. Il passa un jean plus foncé que celui de la veille, une chemise blanche et une veste noire un peu démodée mais qui lui allait bien.

Au moment où il quittait l'appartement, le téléphone sonna. C'était Nadia : elle venait d'apprendre à l'instant qu'elle était reçue au concours.

— J'en étais sûr, mais je suis fou de joie ! dit Michel. Je vais de ce pas t'acheter ton cadeau.

Dès qu'il eut raccroché, le téléphone sonna de nouveau. Nadia, encore ? Anna Nova ? Non, c'était Cachard, tout excitée.

— Viens vite, mon petit !

Elle avait reçu au courrier du matin une lettre de Lacrif, elle la brandissait.

— Plus d'augmentation ! C'est toi, hein ? Comment tu as fait ? Tu les as poustouflés au téléphone ?

Sous le coup de l'émotion, son patois croixroussien natal lui revenait.

— Non, j'y suis passé hier, dit Michel.

— Assieds-toi, tu vas me raconter ça !

— Je n'ai pas beaucoup de temps, dit Michel avec un sourire.

Il s'assit tout de même et lui rendit compte en quelques mots de son entrevue avec Guy Lacrif.

— Bravo, Michel, bravo ! Tu me fais penser à mon pauvre Oreste ! Ce n'est pas la première fois que tu me fais penser à mon pauvre Oreste…

— Je suis très flatté, dit Michel.

— Lui non plus, il ne se laissait pas engueniller par les farfots !

— Ça ne m'étonne pas, dit Michel.

— Le meilleur canut de la Grande Côte, du temps où on habitait montée de la Grande Côte.

Le meilleur de Lyon. Même les Japonais venaient le voir travailler. Remarque, ça ne faisait pas augmenter son salaire. Il avait une pension de trois cent vingt francs par trimestre, parce qu'il était rentré malade de captivité. Tu sais ce qu'ils ont fait, quand il est mort ?

— Ils vous l'ont supprimée, dit Michel, qui avait déjà entendu l'histoire.

— Oui !

Le visage de Madeleine Cachard était empreint d'une tristesse à la fois réelle et jouée, comme chaque fois qu'elle parlait de son défunt mari. Puis elle chassa les souvenirs et revint à la joie du moment présent.

— Qu'est-ce que je suis contente ! Quel soulagement ! Il ressemble à quoi, ce patiflu ?

— À un vautour hypocrite. Il est jeune, il a des lunettes épaisses qui lui font de gros yeux, des yeux de poisson.

— Oui, je vois. Comme les yeux de Mme Broux. Mais dis donc, j'y pense, tu as dû voir Mlle Plasse ?

— Oui, la vieille de l'entrée ?

— Une maigre avec la tête carrée comme un moellon ?

Michel comprit mal, puis affecta de mal comprendre :

— Un melon ?

— Non, un moellon ! Un melon, c'est rond !

Elle gloussa, sa grosse poitrine tressauta sur son ventre.

– Oui, c'est bien elle, c'est bien la vieille, dit Michel.

– Pas si vieille que ça, dit Cachard.

– Je n'ai jamais vu quelqu'un d'aussi vieux, insista Michel. Si on vous voyait à côté d'elle, on penserait que vous êtes sa nièce.

Le gloussement de Cachard se transforma en rire, puis, irrésistiblement, en fou rire. C'était spectaculaire, inattendu, et même gênant. Larmes et gouttes de sueur volaient loin de son corps, ses grands seins sautaient sur son ventre, et elle hurlait, une main sur la tête et l'autre sous le menton, Michel embarrassé ne savait plus où regarder. Puis soudain, plus un son : l'excès d'hilarité lui avait pour ainsi dire coincé le larynx. Michel, inquiet, se leva pour vérifier qu'elle était toujours vivante.

Il descendit les étages.

En bas, Mme Plante lavait et rafraîchissait le trottoir devant son épicerie en jetant des seaux d'eau. Michel vit aussitôt qu'une nouvelle inscription ordurière ornait l'autre volet de bois de sa petite boutique : « Plante [...] tous les mecs. »

– Ça va, Michel ? cria-t-elle.

– Ça va. Et vous ?

– Ça va. Tu as vu ça ? (Elle montra l'inscription.) Un de ces soirs, je vais faire le guet ! Je vais leur apprendre !

– Quoi ? dit Michel, comme s'ils étaient toujours dans leur précédente conversation concernant les inscriptions malhonnêtes.

Surprise, Marie Plante éclata d'un gros rire. « Elle ne va pas s'y mettre aussi », pensa Michel.

Il monta dans l'Alfasud, alluma une cigarette et démarra en faisant un petit signe d'au revoir à Marie Plante toujours hilare.

30

Marie Livia-Marcos fut enterrée au nouveau ci-
metière de Cusset, sous un soleil éclatant, en présence de six personnes seulement, huit avec Michel
et Morphée. Elle fut enterrée dans la tombe voisine de celle de son père, Pedro Real, qui avait été
sa seule famille à Lyon.

Quand tout fut fini, Michel s'approcha d'Anna
Nova.

— Je voulais vous assurer que je partage votre
chagrin, lui dit-il.

— Merci.

— Comment va David ?

Elle eut cette expression de désarroi total qui
avait déjà frappé Michel, et qui disparaissait aussitôt pour faire place à une expression volontaire,
presque têtue.

— C'est terrible, pour lui, d'avoir à comprendre
une chose pareille... qu'il ne reverra jamais sa
mère.

— Oui, dit Michel. Terrible. (Après un silence :)

J'ai failli vous appeler, hier soir. J'ai eu peur de vous déranger.

— Vous ne m'auriez pas dérangée. Je n'ai pas dormi de la nuit.

Plus tard, dans la voiture, Michel parla longuement à Morphée.

— À ton avis, tu penses que j'aime cette femme ?

— À mon avis, dit Morphée, réfléchissant intensément, à mon avis… je ne sais pas. Et toi ?

— Je ne sais pas non plus. C'est sûr qu'elle me plaît, que j'ai envie de la voir, de l'embrasser… Tu la trouves comment, toi ?

— Physiquement ?

— Tout.

— Très beaux seins, dit Morphée.

— Ça, ça ne t'a pas échappé, hein ?

— Beaux yeux bleu foncé. Bleu jean, je dirais.

— Depuis que tu portes des jeans, tu en vois partout. Mais c'est vrai, bleu jean, ce n'est pas bête, ça.

— Intelligente, ça, intelligente. Pour le caractère… elle aurait une tête de cochon que ça ne m'étonnerait pas.

— Là, tu m'épates. Ce n'est pas impossible, en effet.

— Mon verdict : ça peut être bien pour toi en ce moment, et peut-être pour plus longtemps qu'en ce moment.

Ils se regardèrent. Il y avait tellement d'amitié, tellement de bienveillance dans le regard de Morphée.

– Mon vieux Morphée ! Quelle chance d'avoir un ami comme toi dans ce métier ! Ç'aurait été une chance pour n'importe qui, mais alors pour moi, qui évolue dans la police comme un oiseau dans l'eau, pour reprendre une expression de ma chère sœur ! Tiens, elle a réussi son concours.

– Ça n'étonne personne, dit Morphée, mais tu la féliciteras de ma part. Tu y penseras, hein ?

– Oui, dit Michel. (Il soupira.) Je rentrerais bien chez moi !

– Déjà ?

– Oui. Il y a des jours où j'en ai plus marre que d'autres. Canapé, cigarettes, musique...

– On boit un coup, on met une petite valse sur ta super installation...

Ils se regardèrent. Leurs visages prirent des mines d'écoliers fraudeurs.

– Ça te fait envie ? dit Michel.

– Oui, mais...

– Allez, on y va ! J'ai justement une belle valse à te faire écouter.

Morphée se mit à rire.

– D'accord, mais il faut que je fasse quelques courses pour le déjeuner. Sylvie ne peut toujours pas marcher, la pauvre. Elle m'a fait une liste de commissions. J'ai horreur de ça, les commissions. (Il sortit la liste de sa poche :) « Avocats, courgettes, pommes de terre, fruits, les plus jolis... » Voilà exactement le genre de choses qui me fait peur : « Fruits, les plus jolis. » « Café décaféiné », ça, ça va. « Eau minérale gazeuse, n'importe laquelle », ça va aussi…

— Tu pourras tout prendre chez la vieille en repartant, dit Michel. L'épicerie d'en face. Elle a de beaux légumes.

— Tu en achètes souvent ? dit Morphée, étonné.

— Jamais. Je lui prends plein de petites choses, mais pas de légumes, qu'est-ce que tu veux que j'en fasse ? Non, mais ça se voit. Et puis Nadia me l'a dit.

— Nadia vient faire les courses chez ton épicière ?

— Non, dit Michel, mais…

— Ha, ha ! fit Morphée.

— Si, c'est arrivé une fois ou deux, quand j'ai eu la grippe et qu'elle est venue me faire à manger.

Ils allèrent donc chez Michel, écoutèrent la valse de Khatchatourian (trois fois, Morphée ne s'en lassait pas), puis, désaltérés et ravis de leur petite récréation, ils descendirent chez l'épicière.

Michel lui présenta Morphée. Marie Plante ne se gênait pas avec Michel parce qu'elle le connaissait bien, mais elle fut un peu intimidée par un inspecteur de police de l'âge et de la prestance de Morphée. Aussi, lorsque Morphée, sa liste à la main, lui demanda des avocats, elle lorgna du côté de ses avocats d'un air embarrassé, car elle les savait beaux mais verts, et elle lui dit d'un ton professionnel, sceptique et contrit :

151

– Mmmmmm... je ne vais pas être mûre, dans l'avocat !

Michel et Morphée eurent le malheur de se regarder. Une soudaine gaieté, silencieuse mais violente, illumina et distendit les traits de leurs visages. Michel fut gêné pour Marie Plante, il se sentit obligé de lui expliquer :

– Excusez-nous, madame Plante, c'est à cause de la façon dont vous avez dit...

– La façon dont j'ai dit ?

– Oui, que vous n'alliez pas être mûre dans l'avocat...

– Ah ! Hi, hi !

Elle n'était pas femme à résister à une grivoiserie, et elle s'esclaffa sans retenue. De ce fait, elle donnait à Michel et à Morphée une sorte de permission de rire tout leur soûl, si bien que très vite, chacun nourrissant son rire du rire des autres, tous trois pleuraient d'hilarité. Morphée, prévenu par Michel que l'épicière encaissait tout, osa entre deux hoquets un : « Et dans la banane, vous allez être flambée ? » qui les fit se disperser dans le magasin à la recherche d'un endroit où s'appuyer pour hurler à leur aise.

– Tu avais raison, elle est drôlement sympa ! dit Morphée un peu plus tard, s'épongeant le front et le cou dans la voiture.

Michel le laissa aux Gratte-Ciel et se rendit rue Émile Zola, près de la place Bellecour, pour acheter le cadeau d'anniversaire de Nadia. C'était une montre avec des chiffres romains, très belle, très élégante, mais sans mièvrerie ni fragilité, idéale pour Nadia, s'était dit Michel la première fois qu'il l'avait admirée dans la vitrine de la bijouterie O. Lebait, célèbre à Lyon. Il avait lu sur une affichette posée à côté de la montre (c'était plusieurs jours avant sa rencontre avec Anna Nova) : « Montre radio-pilotée Junghans Nova alarm ». Il s'était renseigné à l'intérieur. La montre, lui avait-on expliqué, était d'une précision parfaite, puisqu'elle se réglait automatiquement sur le signal horaire retransmis par ondes radio de l'horloge la plus précise du monde, l'horloge atomique de l'Institut fédéral de physico-technique de Brunswick, en Allemagne. Elle était si précise qu'il faudrait attendre un million d'années pour observer (éventuellement) une erreur d'une seconde (au plus). Aucune manipulation : un microprocesseur traitait les messages de temps qui arrivaient par les ondes et commandait alors la marche des aiguilles, de manière entièrement automatique.

À peine croyable.

Michel avait eu d'autres idées de cadeau, mais aucune n'avait détrôné la montre magique.

Il se gara en plein devant la bijouterie O. Lebait. Pour un objet aussi coûteux que la montre radio-pilotée Junghans Nova alarm, il eut droit aux courbettes et aux frottements de mains d'Olivier Lebait en personne.

Quand il ressortit, il se fit mouiller les pieds par

un homme noir de cheveux qui inondait le trottoir à coups de seaux d'eau, comme Marie Plante, devant un restaurant voisin de la bijouterie, le restaurant Deniz, spécialités turques, sûrement rien à voir avec le prénom Denise, se dit Michel, qui lut encore, tracés à la craie sur la vitrine, les mots : « Sautée de porc », « sautée » avec un *e*, comme si à l'intérieur du restaurant des porcs bondissaient sur une estrade pour divertir la clientèle.

Sur le trottoir d'en face, devant un hôtel, trois jeunes filles en short, grosses et se ressemblant beaucoup, se cognaient les épaules et même la tête en s'obstinant à vouloir regarder ensemble un plan de la ville.

Sa superbe montre en poche, Michel se rendit ensuite chez Béal, rue de la République, où il acheta, toujours pour Nadia, les *Suites françaises* de Bach par Andreï Gavrilov. Il savait qu'un petit cadeau à côté d'un gros convainc le receveur qu'on a pour lui une attention non seulement totale, mais un peu plus que totale.

QUATRIÈME PARTIE

31

À peine Michel était-il installé au Bouche-Trou et avait-il commandé une salade de saison que David Forest entra. Il repéra aussitôt Michel et s'approcha, intimidé mais sans excès, avec un maintien nonchalant, un peu las, et cette sorte de perpétuel contrôle de lui-même que Michel avait déjà observés. Michel l'accueillit avec un mélange de surprise et de naturel. Il se leva et lui tendit la main.

— Bonjour, lui dit-il. Assieds-toi, si tu veux.

David s'installa.

— Ça va ? dit Michel.

— Ça va.

— Si tu as le temps, on peut déjeuner ensemble ?

— D'accord.

— Tu vas te régaler, tu vas voir. C'est ma mère qui tient le restaurant.

— Ta mère ?

— Oui. Ma mère adoptive. Marie, ça va ?

— Moyen, dit David.

– Tu as quelque chose à me dire ? Tu as eu le coup de fil de tes employeurs fantômes ? demanda Michel.

– Oui, hier. Justement, je me suis mis à penser à un truc, cette nuit.

– Vas-y.

– Quand ils m'ont téléphoné… il y avait des bruits, dans le téléphone. C'était des coups… comme quand on démolit des vieux immeubles avec une grosse boule de fer, tu vois ?

– Oui, dit Michel. C'est à ça que ça t'a fait penser ?

– Oui. J'ai bien réfléchi, cette nuit, je ne vois pas ce que ça pouvait être d'autre.

– Tu as bien fait de passer. Merci.

– C'est moi qui te remercie pour l'autre soir. J'en crèverais, si j'étais loin de Marie. Et elle aussi.

– Tu peux enlever ta veste, si tu veux. Et jeter un coup d'œil sur le menu.

Mariquita arriva avec la salade. Michel fit les présentations. Le sincère et irrésistible sourire de bienveillance de Mariquita, bien connu des clients du Bouche-Trou, acheva de mettre David à l'aise.

– Qu'est-ce que tu veux manger ? dit Michel.

David regarda le menu de ses yeux trop gros.

– Je peux avoir aussi une salade ?

– Bien sûr, dit Mariquita. Et après ?

– Qu'est-ce que tu as pris, toi ? dit David.

– Agneau. Le deuxième plat du jour. Navarin d'agneau.

— Moi aussi, dit David en tendant le menu à Mariquita.

— Tu prends du vin ? dit Michel.

— Non, de la bière.

Il choisit une bière de marque ordinaire. Mariquita s'éloigna.

— Ils t'ont demandé dans quel état tu avais trouvé la cassette ?

— Oui. J'ai dit : intacte. Que le plastique n'avait même pas été enlevé.

— Parfait, dit Michel.

Il se félicita d'avoir agi selon son idée avec David le soir de leur rencontre.

David ôta sa veste et la posa sur le dossier de la chaise.

— Marie est trop jeune pour boire comme ça, dit soudain Michel.

— Je sais. Qu'est-ce qu'il faut faire ?

— L'amener chez un médecin.

— Elle ne veut pas.

— Et alors ? Tu vas la laisser se suicider ? À mon avis, elle a déjà besoin d'une cure de désintoxication.

David regarda Michel avec attention.

— Un jour, un médecin a dit la même chose.

— Elle avait accepté de voir un médecin ?

— Non, non. Elle était tombée en pleine nuit, elle saignait sous le menton, j'ai eu peur, je l'ai emmenée aux urgences à l'Hôtel-Dieu. On lui a fait des points de suture. Le médecin était sympa.

C'était un jeune. Enfin, quand j'y ai repensé, je ne l'ai plus trouvé si sympa que ça, mais mettons. Marie était dans les vapes, il lui a posé des tas de questions. Il a dit qu'il fallait qu'elle fasse une cure de désintoxication.

— Et alors ? Tu n'as pas eu envie de tenter le coup ?

— Elle ne veut pas.

— Tu as insisté ? Tu as fait tout ce qu'il fallait pour la convaincre ?

— Non, peut-être pas.

— Il me semble que tu devrais arriver à la convaincre, dit-il.

— Oui, peut-être, dit David.

— Évidemment, ça suppose de te séparer d'elle quelque temps. Ça ne va pas t'amuser.

David réfléchit.

— Non, c'est vrai, dit-il.

On aurait dit une séance de transmission de pensée.

— Peut-être même que tu es jaloux, dit encore Michel. Tu dois l'imaginer dans une clinique avec plein de jeunes alcoolos qui lui tournent autour. Sans parler du personnel.

David était mal à l'aise.

— Excuse-moi, dit Michel. Si tu trouves que je me mêle de ce qui ne me regarde pas…

— Non, ça va. Tu es drôlement sympa. Je n'ai jamais vu un type aussi sympa que toi.

— Le médecin de l'Hôtel-Dieu, finalement, tu ne

l'as pas trouvé si bien que ça parce que tu étais jaloux ? Il regardait trop Marie ?

Soudain, l'expression de Michel changea du tout au tout, et il adressa à David un grand sourire. David se détendit.

— Ça, je peux t'assurer qu'il la regardait beaucoup ! dit-il en souriant aussi.

Mariquita arriva avec la bière et une deuxième salade.

32

— Tu crois vraiment qu'il va prendre la petite par la main et l'amener dans une clinique ? dit Morphée.

— Pourquoi pas ? Je crois que j'ai réussi à lui faire peur. En plus, il m'a raconté qu'ils avaient une copine qui est morte d'une overdose, ça l'a beaucoup frappé. Il tient tellement à Marie...

— Du quoi ? Du neuf heures douze ?

— Quoi ?

— La copine, elle est morte de quoi ?

— D'une overdose.

— Ah ! j'avais compris qu'elle s'était jetée sous le train de neuf heures douze. (« Ha, ha ! » fit Michel. Morphée continua :) Tu sais, ce type n'est pas programmé pour amener sa petite amie chez le médecin, il est programmé pour s'enfoncer dans le désastre avec elle. Je te comprends, mais je crois que tu rêves un peu. À mon avis, il faudrait un miracle, et tu n'es pas le bon Dieu. (Il ajouta après réflexion :) Remarque, vu l'état de la question sur le sujet, peut-être que c'est toi ?

– Il était temps que tu ouvres les yeux, dit Michel.

Au moment même où ils se garaient place Jules Guesde, un coup formidable, comme une explosion mais sourde, ébranla tout le quartier. Une énorme sphère de métal foncé attaquait le dernier immeuble de la portion finale de la rue Sébastien Gryphe, comprise entre la place Jules Guesde et la rue Jaboulay, à deux pas de l'hôpital Saint Joseph.

Morphée avait sursauté.

– Je suis vraiment crevé, le bruit me fait transpirer, dit-il en s'épongeant le front.

Il avait mal dormi. L'état de Sylvie ne s'était pas amélioré, ils avaient dû faire revenir un médecin en pleine nuit. De plus, la chaleur accablait. À presque sept heures, il faisait aussi chaud qu'en milieu de journée, et plus lourd. Et ils venaient de passer quelques heures énervantes, beaucoup de temps au téléphone, plus deux trajets longs et inutiles parce que des entreprises de maçonnerie les avaient mal renseignés. (Ils s'étaient retrouvés dans un quartier où il n'y avait plus de travaux depuis une bonne semaine, et dans un autre où il n'y avait jamais eu de travaux du tout.)

Le troisième endroit était le bon. Ou plutôt, si les bruits entendus par David Forest étaient bien des bruits de démolition, si l'homme qui lui avait téléphoné habitait bien ce quartier ou y séjournait – et s'il avait bien appelé de Lyon et non de la banlieue, ou d'une autre ville du Rhône ou de

France, ou, comme Morphée en avait émis l'hypothèse, de Madrid ou de Moscou —, alors, peut-être…

C'était décourageant.

De la voiture, ils examinèrent le côté de la rue Sébastien Gryphe qui faisait face au chantier : des immeubles d'environ cinq étages peu reluisants d'aspect, une laverie, une épicerie, et un hôtel également peu reluisant dont le nom les divertit, Hôtel de Samarcande et des Bains.

— On essaie l'hôtel ? dit Michel.

— Essayons toujours, c'est le moins invraisemblable. Sinon, il faudra aussi visiter chaque appartement de chaque immeuble. Toujours en supposant…

Blaoumbloumbodobodoblon ! un étage entier dégringola dans un nuage de poussière noire à cent mètres d'eux.

— D'accord, on perd notre temps, dit Michel. Attends-moi, je vais quand même faire un petit saut discret. Allez ! Hôtel du Nevada et des Anchois…

Il fut étonné de trouver l'hôtel très propre à l'intérieur, pas de poussière, pas de taches, pas de tissu crevé. Et pourtant, pensa Michel, quelque chose indisposait. Quelque chose était sale, dégradé, corrompu même, sans qu'on puisse dire quoi. Peut-être était-ce une odeur particulière, répandue dans tout l'établissement, qui donnait cette impression.

L'employé de la réception, un homme d'une soixantaine d'années, grand, se tenant bien droit, portait des favoris blancs d'une autre époque. Ses sourcils constamment haussés achevaient de lui donner un air cérémonieux, et il avait une petite lueur d'ironie constante dans le regard. Il était seul au rez-de-chaussée. Michel hésita un instant, puis prit un parti :

— Police, dit-il en posant sa carte sur le comptoir.

L'homme eut une attitude offusquée théâtrale, assez réussie.

— Po-lice ? dit-il en détachant bien les deux syllabes.

— Rien de grave, dit Michel. Je ne vais même pas vous faire sortir vos écritures des tiroirs. Une simple question : avez-vous fait récemment des travaux, dans votre hôtel ?

L'homme répondit aussitôt, comme s'il attendait cette question depuis toujours et qu'il eût longuement préparé la réponse :

— Monsieur, si vous appelez travaux monter l'établissement d'un étage, creuser un parking souterrain, ou installer un ascenseur plus confortable et plus rapide, je vous réponds sans hésiter : non. Les bénéfices réalisés par notre hôtel ces deux dernières années nous permettraient à peine de changer les robinets dans nos meilleures chambres.

— Mais ? dit Michel.

L'homme reprit le « mais » de Michel en bêlant :

– Mêêêêêê… si vous appelez travaux donner un petit coup de peinture sur deux mètres de rambarde rouillée au quatrième et dernier étage, alors là !…

Il haussa encore plus les sourcils et leva les deux bras en un geste de large concession.

– Peinture verte ? dit Michel.

L'homme, étonné, changea radicalement de mimique.

– En effet, dit-il, peinture verte.

– Peinture-Luxe, référence A 2 ?

L'étonnement devint perplexité sans limites.

– Charles ? cria-t-il soudain.

Un autre homme arriva du premier étage, grand et maigre, vêtu d'un habit rayé comme un habit de forçat. Il portait un seau, une serpillière et un balai-brosse.

– Charles, la peinture du quatrième, Peinture-Luxe, référence A 2 ?

– Positif, dit Charles sans vraiment desserrer les dents.

Puis il entra dans une pièce dont il referma la porte derrière lui, et d'où provint aussitôt un fracas métallique pouvant laisser imaginer qu'il traînait le seau par terre tout en le jetant contre les murs de temps à autre.

– Et… qu'est-ce que vous avez, comme clients, en ce moment ? demanda Michel.

– Quelques araignées, pas mal de mouches…, dit l'homme sans qu'on puisse être certain qu'il plaisantait tout à fait.

– Je raconterai ça à mon collègue dans la voiture, dit Michel, il va aimer. Sinon ?

– Sinon… voyons… les Falempin au deuxième, toute une famille…

– Au quatrième ? dit Michel.

– Au-qua-tri-ème… dit l'homme en détachant de nouveau les syllabes, et en les étirant. Au qua-tri-ème… Un homme seul et un petit couple.

– Ils sont là depuis longtemps ?

– Le petit couple – très gentils, très polis tous les deux – habite l'hôtel depuis un an. L'homme seul est chez nous depuis quatre jours.

– Il est dans sa chambre, en ce moment ?

Michel prenait malgré lui un ton plus professionnel. L'employé le perçut et se prêta au jeu.

– Je dirais depuis quarante minutes.

– Chambre sur rue ?

– Sur cour.

– Vous pouvez me donner un signalement de cet homme, le plus précis possible ?

– Parfaitement.

L'employé le décrivit en effet parfaitement. Il insista sur son entêtante odeur de parfum.

À neuf heures, après deux heures de guet fastidieux, Michel dit à Morphée presque endormi :

– Écoute-moi bien, mon petit Morphée. La peinture verte, ça existe partout dans le monde. Le type du quatrième est sûrement un de ces malheureux qu'un destin cruel amène à séjourner dans ce genre d'hôtel de l'Enfer et des Rats. Et si par miracle ce n'était pas le cas, rien n'indique qu'il va ressortir cette nuit. Donc : tu vas rentrer chez toi en taxi, t'occuper de Sylvie, manger, dormir…

— Et toi ?

— Je vais attendre encore un peu. Tu me connais. Ne t'occupe pas de moi, rentre. D'accord ?

— Tu es sûr ?

— Oui, certain.

Michel appela un taxi.

— Tu ne fais pas l'idiot, hein ? dit Morphée avant de s'en aller.

— Pas l'idiot, dit Michel.

Resté seul, il alluma une cigarette. Il s'était retenu en présence de Morphée, qui supportait mal la fumée dans la voiture, il étouffait très vite. Puis il mit la radio. Sur une station de musique classique, il entendit en entier *Béatrice et Bénédict*, de Berlioz. Puis il appela Nadia. Il la félicita encore, lui dit qu'il avait son cadeau, et qu'il avait hâte de la voir le lendemain passer de dix-huit à dix-neuf ans.

Ensuite, l'attente devint franchement pénible. Il s'était fixé minuit pour tout laisser tomber.

33

Quand Dieudonné Bornkagen sortit du cabinet de toilette, on aurait dit qu'il se déployait hors d'un contenant trop étroit, tellement il était grand, massif, volumineux. Il se consacra à la cérémonie du parfum. Il s'empara d'un long flacon plein et s'aspergea tout le corps de liquide jaune, avec une attention qui semblait exclure l'oubli d'un seul centimètre carré de peau. De temps en temps, il se reniflait la main, l'intérieur de l'avant-bras, l'aisselle, le genou, et même le pied. Quand il eut fini, le niveau avait baissé d'un bon tiers, et l'avidité de Bornkagen à s'imprégner de parfum était telle qu'on n'aurait pas été étonné de le voir s'injecter un deuxième tiers directement dans les veines, et avaler le reste au goulot.

Le flacon portait une étiquette écrite à la main, en danois. Le parfum venait en effet du Danemark, pays où Dieudonné Bornkagen n'était jamais allé, mais où étaient nés ses ancêtres. Il était fabriqué à partir d'herbes sous-marines dans une petite entreprise artisanale installée à Lokken, dans le nord du pays, qui vendait ses produits uniquement par correspondance, et très cher.

Un pourcentage notable des revenus de Dieudonné s'en allait en odeur.

Odeur subtile, délicate, mais forcément gênante sur un homme qui commandait les flacons par caisses de douze. Lui-même n'était pas incommodé : les années passant, il avait de plus en plus besoin de cette armure de senteur, de cette amplification olfactive de lui-même, de ce baptême quotidien et souvent biquotidien.

Il peigna ses longs cheveux clairs devant un miroir dans la chambre. Il en avait assez de cet hôtel d'avant-dernière catégorie. Il avait connu des planques plus gaies. Par bonheur, la propreté ne laissait pas trop à désirer.

Il s'habilla. Il avait un corps lisse, sans poils, une peau blême de bébé, et il n'avait pas de taille, pas de fesses nettement saillantes. Il ressemblait un peu à un tronc d'arbre sans écorce surmonté d'une épaisse crinière blond pâle, avec comme seule note sombre le regard, ses yeux, noirs ou marron, des yeux de fauve animés à intervalles réguliers d'une mauvaise lueur jaunâtre.

Il pesait au moins cent kilos. Il avait un appareil génital chétif par rapport à sa corpulence.

Il passa une espèce de costume en toile avec poches et coutures voyantes, d'aspect militaire, et de couleur beige clair, on aurait dit ensuite qu'il avait revêtu une deuxième peau.

Il quitta sa chambre à minuit pile.

Il monta dans une petite Volvo bleu marine garée devant l'hôtel. Il traversa tout Lyon, tout Villeurbanne, et franchit le canal de Jonage au niveau du pont de Cusset. Par habitude, il surveillait toujours plus ou moins les autres voitures. Avenue Félix Faure, il remarqua une Alfasud rouge qu'il doubla et qui le doubla peu après, une voiture blanche roula derrière lui sur une bonne longueur de la rue Jean Jaurès et disparut, et, boulevard Laurent Bonnevay, un petit imbécile en Triumph lui colla au derrière pendant environ trois cents mètres avant de le doubler, alors qu'il aurait pu doubler tout de suite.

Rien qui retînt vraiment son attention.

Dès qu'il s'enfonça dans Vaulx-en-Velin par l'avenue Gabriel Péri, il fut seul. L'avenue Gustave Monmousseau, la rue Jean Lesire puis le chemin du Grand Bois l'amenèrent au cœur d'un monde de HLM qu'on aurait dit sous-marin tellement l'éclairage était diffus, sale, trouble. Les immeubles aussi étaient sales, et très abîmés.

Dieudonné gara la Volvo devant le 15 du chemin du Grand Bois. Pas de lumière au deuxième étage, au-dessus de l'entrée : André n'était pas encore là.

Pas de lumière nulle part, d'ailleurs, les gens dormaient, ou ils avaient été délogés pour cause de démolition prochaine, ou ils avaient fui, pouvait-on penser, préférant l'errance à leur cité de cauchemar − si toutefois quiconque avait jamais vécu là, comme le doute en venait à l'esprit.

Dieudonné grimpa au deuxième et ouvrit la porte de l'appartement de droite. Il suivit un couloir qui menait à une première pièce, puis à une autre, plus grande, donnant sur le chemin du Grand Bois, dans laquelle il entra. Les peintures étaient écaillées. Deux chaises et une table en bois en constituaient le seul mobilier.

André allait arriver d'une minute à l'autre.

Dieudonné ouvrit la porte-fenêtre et demeura immobile, regardant les étoiles.

Il avait entre trente et cinquante ans, on aurait eu du mal à lui donner un âge plus précis.

34

L'homme était-il un des professionnels de la malfaisance qu'il recherchait ? L'idée parut plus d'une fois irréelle à Michel, pendant qu'il accomplissait des prodiges de filature entre la rue Sébastien Gryphe et le chemin du Grand Bois. Pourtant, il avait au fond de lui un doute tenace, une petite sonnette d'alarme qui ne cessait de grelotter.

Il entendit une porte se refermer au deuxième étage, palier de droite.

Il se trouvait lui-même presque au premier étage.

Aussitôt après il entendit un autre bruit et se retourna.

Trop tard.

Il reçut le coup de matraque caoutchouteuse sur le sommet du crâne. Un mot explosa dans sa tête en même temps lui sembla-t-il que sa tête elle-même, et ce mot était le nom de sa sœur, Nadia.

Qu'un tonneau sur pattes comme André-Serge Tormes, le compagnon de meurtres de Dieudonné

Bornkagen, ait pu surprendre Michel dans ce quartier et dans cet escalier tenait du tour de magie satanique. La brute chargea Michel sur ses épaules comme un sac de chiffons, et, quelques instants plus tard, le jeta au sol devant Dieudonné surpris.

— Il te suivait, dit André de sa voix trop aiguë.

Trop aiguë pour sa trop grosse tête, pour son corps bestial et poilu. Les poils sortaient de son col de chemise comme des flammes noires, ses oreilles décollées tenaient au crâne par trop peu de chair, son énorme nez était sphérique, toute sa personne était répugnante.

Le choc sur le plancher avait à moitié réveillé Michel. De plus, l'odeur du parfum l'amena sans doute à reprendre conscience une bonne minute avant l'heure. La muqueuse nasale, sollicitée ou plutôt harcelée par la violence des effluves, émit des signaux désespérés au cerveau qui finit par s'arracher à sa torpeur. Si vraiment ce fut le cas, Michel dut la vie sauve au parfum de Dieudonné.

— C'est peut-être un type envoyé par Vannassique, dit Dieudonné. J'étais sûr que c'était un coriace, le vieux.

André fronça légèrement les sourcils. Il avait beau avoir l'habitude du parfum, quand l'autre venait juste de s'en arroser, les deux premières heures étaient difficiles.

— Qu'est-ce qu'on va faire ? dit-il.

— Écouter son histoire et l'étrangler dans la salle de bains. Il était seul ?

– Je crois. Pas sûr mais je crois.

– Va fermer le verrou.

– J'y vais. Fouille-le. Ça ne peut pas être un flic ? dit André en s'éloignant.

– Un flic ? Non, pas un flic.

Michel souleva une paupière. Il vit la porte-fenêtre ouverte. Sa tête touchait presque un pied de la table. En tordant les yeux, il aperçut le bas d'un pantalon et reconnut la couleur beige clair des habits de l'homme de l'hôtel.

Il entendit les pas de l'autre homme qui allait fermer la porte.

Il n'avait pas le choix : il tentait de sauver sa vie maintenant ou il mourait.

Il était à plat ventre. Trop de mouvements auraient été nécessaires pour dégager son arme et s'en servir.

Il rassembla toute son énergie, se mit sur les genoux en empoignant deux pieds de la table, et aussitôt, en même temps qu'il se relevait, il précipita la table contre l'immense Dieudonné comme s'il voulait la lui faire passer à travers le corps.

Dieudonné était de taille et de force à prendre dans ses bras homme et table et à tout fracasser contre le mur, et c'est ce qu'il s'apprêtait à faire, mais un angle du bois s'enfonça dans son bas-ventre et malmena horriblement ses parties génitales. Tout herculéen et tout bête fauve qu'il était, il en eut le souffle coupé une seconde – le temps pour Michel de fuir cet enfer de la seule manière possible – de foncer vers la porte-fenêtre et de se jeter tête première dans le vide par-dessus le balcon.

André, près de fermer le verrou, dès qu'il entendit le remue-ménage, revint en trois enjambées dans la grande pièce.

Ce fut pour voir Michel s'envoler par la fenêtre comme un oiseau.

Michel atterrit sur le toit de la Volvo. Il ne contrôla pas du tout sa chute. Ses pieds heurtèrent d'abord la tôle, puis son épaule droite, puis il tomba de la voiture sur le sol face en avant. Ses bras instinctivement tendus devant lui atténuèrent le choc de son front sur l'asphalte.

Il se releva et détala.

Arme au poing, André et Dieudonné s'étaient rués sur le balcon. Quand ils repérèrent la silhouette qui fuyait et visèrent, Michel était pratiquement hors d'atteinte – pourtant la première balle de l'infernal André lui brûla bel et bien le flanc droit. André ne s'en tint pas là. De rage, et pour ne pas perdre la moindre chance, si infime soit-elle, d'arrêter Michel dans sa course, au lieu de suivre Dieudonné qui dégringolait l'escalier il resta sur le balcon et tira encore, vidant son chargeur. Puis il accomplit cette chose surprenante : il sauta du deuxième étage sur le toit de la voiture, avec précision, impeccablement, presque sans vaciller à l'arrivée. Une seconde après, il était dans la Volvo au côté de Dieudonné, lequel avait à peine pris garde à son numéro de cirque – mais depuis longtemps le diable ne s'étonnait plus des exploits de son adjoint.

Le fracas des détonations s'éteignait à peine. Quartier irréel, condamné, déjà désert. Pourtant un craquètement de fenêtre s'ouvrant on ne savait trop où succéda au vacarme de bombardement et un filet de voix enrouée se fraya un passage dans le silence redevenu épais :

— Qu'est-ce que c'est ?

Puis la fenêtre se referma avec le même craquètement.

Et ce fut tout.

Dieudonné démarra.

Michel, qui avait retrouvé son Alfasud rue Jean Lesire, tira un avantage décisif de sa petite avance, dans un dédale de rues propice à la fuite. Il parvint à s'éloigner de la cité maudite sans voir de poursuivant dans son rétroviseur. Roulant en direction du nord, il repassa le canal de Jonage par le pont de Croix-Luiset, non loin du Rhône et des îles de Crépieux-la-Pape.

Un certain « Vanassic », un homme âgé, était assez coriace pour envoyer un homme de main à ceux qui avaient chargé David Forest de récupérer la cassette chez Anna Nova…

Cette fois, Michel se dit qu'il n'avait peut-être pas perdu sa soirée.

35

De l'autre côté du pont, avenue Roger Salengro, Michel commença à souffler un peu et à accueillir avec la gratitude qu'elle méritait l'idée qu'il n'était pas mort cette nuit-là.

Au même moment, les coups qu'il avait reçus se manifestèrent à son attention. Son épaule droite était douloureuse, mais l'articulation jouait bien. Il avait surtout mal au front, et à la taille, là où la balle l'avait effleuré, ou labouré, il verrait plus tard. Son front saignait un peu, par moments. Il s'essuya avec un chiffon propre qu'il trouva dans le vide-poches et appela Paul Mazars chez lui.

Michel haletait, Mazars le laissa parler sans l'interrompre.

— Et tu étais seul ? dit-il ensuite.

— Un enchaînement de circonstances, je vous expliquerai, dit Michel, qui n'avait pas envie de discuter maintenant.

Paul, désolé et inquiet de savoir Michel blessé, n'insista pas.

— Tu as l'immatriculation de la voiture ?

— 200 XPL 69. Donc : Volvo Circéa bleu marine, en bon état, sauf le toit un peu cabossé depuis tout à l'heure. Pneus à peu près neufs. L'appartement : 15, chemin du Grand Bois, deuxième étage droite. C'est une planque, qui devait leur servir pour je ne sais quoi. Ils voulaient m'étrangler dans la salle de bains.

— T'étrangler ?

— Oui, après m'avoir fait parler. J'ai à peine vu celui qui m'a assommé. Il est petit, brun, costaud. Il a une voix aiguë, presque fluette. À mon avis, il est aux ordres de l'autre. (Michel donna un signalement assez précis de Dieudonné Bornkagen.) Je pense qu'ils m'auraient laissé là et qu'ils ne seraient plus revenus. On ne trouvera rien, vous verrez. Même chose pour la voiture, ils ne vont pas la garder. Même chose pour la chambre d'hôtel. Des professionnels, et des fous, Paul. Non, notre seule chance, c'est le nom qu'ils ont prononcé…

Le nom de « Vanassic » n'était pas inconnu à Paul Mazars. Il fit aussitôt une recherche.

— Voilà. Il y a une entreprise Vannassique-Chimie à Feyzin. Ça s'écrit *V*, *a*, deux *n*, *a*, deux *s*, *i*, *q*, *u*, *e*. Sinon, il y a un Vanazic à Mornant, un agriculteur. Avec un *z*. Sinon, rien. Dans le département, en tout cas.

— Je suis sûr d'avoir entendu un *s*. Supposons que ce soit ce Vannassique. Enfin, un Vannassique de Vannassique-Chimie. Et supposons qu'il soit mêlé à l'histoire de la cassette. Il est âgé, ce n'est donc pas lui qu'on voit avec le masque. Et il est capable d'envoyer un sbire aux deux fous. Pourquoi ? Pour mettre fin à un chantage ? Dans ce cas, il connaît les acteurs du film, les trois, ou deux, ou un. Est-ce qu'il cherche à protéger quelqu'un qui lui est proche ? Ou est-ce qu'il s'agit de tout autre chose ? Il faut commencer par enquêter sur lui et sur son entourage.

Paul sentait Michel dans un état de folle excitation.

Il entendit un grand coup de frein, il eut peur :

— Qu'est-ce qui t'arrive ?

— Rien, rien.

Michel venait d'éviter de justesse une mobylette qui avait débouché de la petite et traître rue de la Doua, et qui n'avait pas ses feux.

— Je m'occupe de tout, dit Paul. Je commence tout de suite.

— Dès qu'on en saura plus sur le vieux coriace, j'irai le voir avec Morphée.

— D'accord. Pour le moment, repos. Tu as mal ?

— Non, ça va, dit Michel, qui n'avait pas trop insisté sur ses blessures.

— Tu es sûr que tu n'as rien de cassé ? On ne se rend pas toujours compte, sur le moment.

— Certain. Égratignures et bosses.

— J'espère. Tu veux passer à la maison ? On fera venir un médecin ici.

– Vous êtes un trésor, Paul. Non, merci. Ne vous en faites pas. Merci.

Après Paul et Martine, Michel réveilla Morphée et Sylvie. Il ne pouvait pas ne pas tenir Morphée au courant, et d'ailleurs il en avait trop envie. Accablé de remords, bouleversé à l'idée que Michel ait eu peur et mal, Morphée ne songea pas à lui faire de reproches. Comme Paul, il lui proposa de passer tout de suite. Michel refusa également.

La cinquième et dernière personne qu'il réveilla cette nuit-là fut Anna Nova. Ce fut irrésistible, il ne réfléchit même pas.

Il s'excusa pour l'heure. Mais elle lui dit qu'elle était heureuse de l'entendre. Il s'inquiéta de savoir si le coup de fil avait réveillé David : non, dit-elle, de sa chambre on n'entendait rien. Petit à petit, dans le fil de la conversation, il la mit au courant des événements, avec mille précautions. Dès qu'elle eut compris, elle lui proposa de passer s'il voulait. Quand Michel bredouilla quelques mots où il était question de dérangement, elle lui dit qu'elle l'attendait.

Michel se trouvait alors à l'intersection de la grande rue des Charpennes et du cours Vitton, tout près du boulevard des Belges. Trois minutes plus tard, il sonnait à la porte d'Anna Nova. Même prévenue, elle fut effrayée par l'aspect de Michel, et elle eut son air perdu, désemparé – puis aussitôt son air décidé et énergique.

– Entrez ! dit-elle.

– C'est maintenant que j'ai honte de ce coup de fil, dit Michel.

– Non, vous avez bien fait. Je vous assure. Vous êtes sûr qu'il ne vaudrait pas mieux appeler un médecin ?

– Je vais voir ça à la salle de bains. Mais je ne pense pas.

Dans la salle de bains, elle lui montra tout ce dont il pouvait avoir besoin et le laissa seul.

Michel prit d'abord une douche à l'eau tiède. Comme il le pensait, la blessure au flanc était superficielle : la balle avait déchiré la veste et la chemise, et emporté un lambeau de derme en forme de fuseau. L'énorme écorchure cuisait horriblement, mais ne saignait plus. Une bosse avait poussé sur le crâne, là où il avait reçu le coup de matraque, et une ecchymose embellissait de seconde en seconde sur son épaule droite. Des gravillons avaient entamé la chair de son front mais en divers endroits bien délimités, rien qui réclamât des points de suture.

Pour le reste, il avait mal partout, même aux oreilles.

Il se savonna, se rinça de nouveau à l'eau tiède, se sécha avec précaution. Puis il prit pour ainsi dire une seconde douche de liquides désinfectants et cicatrisants, posa des pansements, avala trois aspirines et deux calmants, se revêtit et, parvenant à marcher sans boitiller ni faire « ouille, ouille, ouille », il rejoignit Anna Nova dans la salle de séjour.

Elle avait apporté des boissons, et ouvert en grand la baie sur le parc. La température commençait seulement à fraîchir.

Elle trouva Michel extraordinairement beau, et Michel n'avait qu'une envie, la serrer dans ses bras.

Ils parlèrent de l'enquête.

Michel buvait de l'eau minérale et fumait avec délectation.

— Il faut peut-être que je vous laisse dormir ? dit-il un peu plus tard.

— Je n'ai pas sommeil. Et vous ?

— Moi encore moins, dit-il.

Il l'interrogea sur ses activités : étaient-elles en rapport avec les livres d'astronomie éparpillés dans la pièce ? Oui, répondit Anna. Elle travaillait à l'observatoire astronomique d'Yseron, à une cinquantaine de kilomètres de Lyon. L'astronomie était sa passion de toujours. Quand elle en avait eu assez des traductions, elle s'y était consacrée et en avait fait son métier. Ses horaires étaient très libres, ce qui lui avait permis de garder David chaque fois que Marie le souhaitait.

— J'espère que je pourrai continuer de m'occuper de lui. D'un point de vue légal, je veux dire.

— Si personne ne le réclame, dit Michel. Son père, par exemple.

— Oh ! son père… Aucun risque. Je suis certaine que David serait bien avec moi. Certaine.

— J'en suis sûr aussi, dit Michel en lui souriant.

183

Elle était fière, dit-elle, d'en avoir fait un vrai petit mélomane, qui avait déjà des goûts marqués pour certains compositeurs et même pour certains interprètes. Bientôt, il prendrait des cours de musique. Marie avait d'ailleurs acheté un piano... Anna se tut, au bord des larmes. Elle se domina. Quelques instants passèrent, elle but et se détendit un peu.

— Ici, il est bien pour écouter de la musique, dit-elle. J'ai une bonne installation.

— Oui, j'ai remarqué, dit Michel en se tournant vers les Morgane 2.

— Vous vous y connaissez en haute-fidélité ?

— Un peu.

— J'ai suivi les conseils d'un vendeur. Je suis plutôt contente. Qu'est-ce que vous en pensez ?

— Oui, c'est bien, dit Michel.

— Vous avez l'air réticent ? dit-elle.

— Si un jour vous vouliez changer un élément, disons que ce serait l'amplificateur.

— Je ne manquerai pas de faire appel à vos conseils ce jour-là, dit-elle, légèrement amusée.

— Vous vous en féliciterez.

— La différence sera vraiment perceptible ?

— Entre ce que vous avez et ce que je vous conseillerai ? Ce sera le jour et la nuit.

Elle sourit. Michel la trouvait de plus en plus séduisante. Elle était d'une grande justesse en tout, dans ses attitudes, dans ses intonations, dans sa gravité, dans son chagrin, juste aussi dans les sourires qu'elle s'accordait en ce jour de deuil que Michel savait si éprouvant pour elle.

Elle lui demanda s'il avait encore mal.

– Non. Je me sens bien. Un peu euphorique, même.

Les médicaments avaient apaisé la douleur et la nervosité.

Puis Michel eut envie de lui parler de Nadia. Il dit qu'il avait une sœur étudiante, pianiste, qui s'intéressait aussi à l'astronomie, et qui allait habiter Paris à la rentrée.

– C'est drôle, cet après-midi, je me suis posé la question d'habiter Paris, dit Anna. J'ai envie depuis longtemps de travailler à l'observatoire de Meudon. J'y ai des amis. J'ai même pensé que ce serait bien pour David, de quitter Lyon. J'hésite à demander ma mutation.

En un éclair, Michel s'imagina luthier à Paris, avec Anna Nova pour compagne, et la possibilité de voir Nadia à volonté.

– Vous êtes sûre de l'obtenir ? dit-il.

– Oui. Il faut avoir rédigé un mémoire, mais c'est une formalité. D'ailleurs, c'est fait.

– Vous avez rédigé un mémoire ? Sur quoi ?

Elle fut intimidée et dit qu'elle avait rendu en mai un travail sur les rapports entre l'astronomie et la musique. Le sujet rappela à Michel de nombreuses conversations avec Nadia. Ils bavardèrent, et l'inspecteur beau comme un dieu, courageux, drôle, désarmant de charme, acheva d'étonner

Anna Nova par ses connaissances en musique, si bien que, la nuit avançant, Michel sentit venir la question sur ses raisons de travailler dans la police : la question vint, dissimulée, discrète, délicate, mais il la reconnut aussitôt. Il parla donc aussi de ses activités de lutherie, et d'une métamorphose possible le moment venu.

À trois heures vingt, Anna lui demanda s'il voulait reprendre des comprimés pour la douleur.

— Oui, dit-il.

— Je vais les chercher.

— Non, j'y vais.

Ils se levèrent tous les deux. Michel posa la main sur la joue d'Anna et avança les doigts dans ses cheveux.

Elle le regardait dans les yeux avec une expression de confiance totale.

Ils s'embrassèrent.

Puis Anna posa la tête contre l'épaule de Michel.

— C'est celle qui fait mal ? dit-elle.

— Oui, dit Michel.

Elle allait s'écarter, mais il la retint doucement, lui caressa les cheveux et la serra contre lui.

36

— On va bientôt les arrêter ? dit David.

— Oui, bientôt, dit Michel.

Michel et Anna s'étaient levés à sept heures. Ils avaient installé une table dehors pour le petit déjeuner, côté chambres, dans une agréable cour intérieure, pleine de verdure et de fleurs.

Quand David avait ouvert ses volets, à huit heures, il avait vu Michel et Anna, assis à la table, qui lui adressaient des sourires et des vœux de bonjour. Son bol était mis, on l'attendait, hop, il avait disparu à l'intérieur pour vite s'habiller et venir les rejoindre.

Anna avait demandé à Michel s'il avait remarqué à quel point David lui ressemblait, les cheveux, la bouche. Oui, dit-il, il avait remarqué dès qu'il l'avait vu.

— C'est toi qui vas les arrêter ?

— Oui. (Michel ajouta sans réfléchir :) Je te le promets.

Il acheva de tartiner beurre et confiture sur une

tranche de pain. Il regrettait sa promesse, sans la regretter vraiment.

— Je ne sais pas comment j'ai fait, dit-il ensuite, elle est formidable, cette tartine. (Il la fit admirer à David et à Anna.) Elle a une belle forme, hein ? Épaisse mais pas trop, du beurre sur toute la surface, une bonne couche mais pas trop, pareil pour la confiture, une bonne couche mais ça ne déborde pas… Mmmmmm !

David le regardait et l'écoutait avec un joli sourire étonné. Michel ouvrit la bouche, enfourna presque la tartine, puis au dernier moment la tendit à David et lui dit :

— Tiens, je te la donne. Tu veux ? Des tartines comme ça, on n'en voit pas tous les jours.

L'enfant hésita un instant, sourit à Michel et prit la tartine, puis il fondit en larmes.

37

Michel repassa chez lui pour nourrir Saint-Thomas, se changer et téléphoner à Nadia. Il la réveilla, comme il le craignait, mais l'envie de l'entendre était trop forte. Il lui donna une version édulcorée de son équipée à Vaulx-en-Velin : filature, chute accidentelle, Nadia le verrait en fin de journée avec un petit pansement sur le front. Elle manifesta son inquiétude d'une voix rendue enfantine par le sommeil et qui terrassa Michel d'attendrissement.

– Je te souhaite une première fois bon anniversaire. Je t'adore.

– Moi aussi, répondit Nadia. Encore bien plus.

À dix heures, il retrouva Morphée au commissariat, dans le bureau de Paul. Morphée serra la main de Michel, puis, ému par ses coquards et par la relative lenteur de ses mouvements, qu'on devinait douloureux, il le prit dans ses bras.

– Tu m'as fait peur, hein, hier soir…

– Ne me faites pas pleurer, j'ai un peu de conjonctivite, dit Paul. Toujours, après les coliques néphrétiques. Comment ça va, ce matin, mon grand ?

– Ça va, dit Michel. Une bonne nuit d'insomnie après une longue soirée de terreur, il n'y a rien de tel. Là, ils ont vraiment chié dans mes bottes. (À l'adresse de Morphée :) On ne voit plus les bottes.

Paul Mazars n'avait pas perdu son temps avant leur arrivée : Donatien Vannassique, leur dit-il, le roi des engrais de jardin de la région Rhône-Alpes, avait un fils de vingt-trois ans, Dominique, qui avait été mêlé deux ans et demi auparavant à une histoire de viol. Trois hommes avaient séquestré une mineure pendant une nuit et avaient abusé d'elle. Deux d'entre eux avaient été reconnus par un témoin et condamnés, le troisième, le fils Vannassique, n'avait été que soupçonné. Pas de preuves, pas de condamnation. Ce Dominique Vannassique figurait déjà dans les dossiers de la police pour avoir fait une fugue agrémentée de quelques larcins à l'âge de treize ans.

Ses rapports avec son père étaient notoirement difficiles. Donatien Vannassique l'avait eu tard, à quarante-huit ans, avait appris Paul, avec une femme qui, inversant les schémas traditionnels, avait quitté le foyer à la naissance du bébé et avait disparu à tout jamais : Donatien, pour ainsi dire séduit et abandonné, s'était retrouvé avec un enfant sur les bras. Dominique avait été élevé sans mère, ou par plusieurs mères de passage.

– Eh bien voilà ! dit Morphée.

– Tout est possible, dit Mazars, mais on n'a aucune preuve. Quand vous verrez le père, prudence. On n'a rien, strictement rien contre son fils ni contre lui. Tout ce qu'on a à lui reprocher, c'est un nom prononcé par un malfaiteur, peut-être le sien, peut-être même pas.

Michel et Morphée passèrent une bonne heure à tenter de joindre Dominique Vannassique, en vain. Il ne répondait pas au téléphone, il ne travaillait pas, donc pas de lieu de travail où prendre des informations, et il n'était pas chez lui, dans son appartement de la rue des Archers. Le gardien de l'immeuble leur apprit seulement qu'il ne l'avait pas vu depuis un certain temps, mais que de telles absences n'étaient pas rares, M. Vannassique voyageant beaucoup. Michel téléphona alors au père. Donatien Vannassique accepta sans difficulté de les recevoir à midi et demi dans sa villa de Feyzin. Il demanda seulement s'il était arrivé quelque chose à son fils, et ensuite, rassuré, il fut détendu et courtois. Michel et Morphée partirent donc pour Feyzin.

– Sylvie, ça va mieux ? dit Michel.

– Ça va, elle n'a plus mal.

– Elle a dû me refiler ses douleurs hier soir. Bon, je suis crevé, je dis n'importe quoi, dit Michel.

Sur les quais, ils crurent voir la Fiat 127 noire de David Forest, conduite par un homme en blouson qui aurait pu être David, mais ce n'était pas lui.

— Un jour ou l'autre, il reviendra déjeuner chez Mariquita, tu verras, dit Michel.

— Pourquoi ?

— Pour me dire qu'il a décidé d'élever des moutons. Pour la laine, pas pour la viande.

— Ha, ha ! fit Morphée.

— Que la petite ne peut plus voir une bouteille de vin sans la vider dans l'évier, et qu'ils n'écoutent plus que des cantates de Bach en se tenant par la main.

— Ou pour t'annoncer qu'elle s'est pendue dans une clinique de désintoxication, dit Morphée.

Morphée ne croyait pas qu'un être humain pût vraiment changer.

Ils s'arrêtèrent pour prendre de l'essence à la station-service de La Mulatière. Michel, après avoir coupé le contact, confia à Morphée les progrès de son histoire d'amour avec Anna Nova. Puis le pompiste arriva, ruisselant de sueur. La chaleur, encore plus effrayante que la veille, semblait s'acharner sur la station-service.

— Le plein ? dit le malheureux.

— Oui, si ça tient…, dit Morphée, marmonnant pour lui-même.

Il était descendu de voiture pour ouvrir le bouchon du réservoir. Il s'était décidément mis aux jeans. Sa silhouette, élégante malgré sa relative épaisseur, y trouvait son compte.

Dix minutes de route dégagée, à bonne vitesse, vitres ouvertes, éclaircirent un peu les idées de Michel. Ils décidèrent d'une stratégie pour aborder Vannassique père : quelles questions lui poser, quelles réponses lui donner, quelles menaces et quelles peurs glisser dans son esprit.

Ils arrivèrent à Feyzin. Le vieux bourg dominait l'autoroute et les installations chimiques qui la bordaient sur des kilomètres, sorte de paysage non terrestre de pylônes, de tourelles, de constructions tarabiscotées au-dessus desquels se tordaient vingt-quatre heures sur vingt-quatre d'étranges fumées multicolores. Morphée connaissait bien le village et les environs, son ancienne belle-famille y habitait.

— Tiens, j'ai mangé là il y a une dizaine d'années, dit-il en désignant un restaurant. Je m'en souviens. Je me souviens même que c'était du coq au vin.

— Si tu veux, on s'y arrêtera au retour. C'était bon ?

— Non, dit Morphée. Je cherche encore le vin.

— Tu es en forme, ce matin, dis donc !

— Ça va, dit Morphée. Ce n'est pas comme toi, hein, mon grand ? Même Sylvie l'a remarqué.

— Alors, si Sylvie l'a remarqué... ça doit être vrai.

— Grâce à Mlle Nova, tout va rentrer dans l'ordre, j'en suis sûr.

— J'espère, dit Michel.

193

– Quand on aura interviewé le père du monstre, on ira plutôt casser la croûte à La Mulatière, dans un relais routier que je connais. On s'en met plein la lampe pour pas cher, et c'est bon.

La villa de Donatien Vannassique se dressait au bord d'une petite route à un kilomètre du village. Elle était immense, somptueuse, et la plupart de ses fenêtres donnaient sur la vallée infernale, en contrebas.

38

Donatien Vannassique n'avait aucune idée de l'endroit où pouvait se trouver son fils.

— Nous le soupçonnons d'être mêlé à une affaire de mœurs très grave, dit Morphée.

Vannassique ne manifesta rien de particulier, sinon de l'étonnement. Cet étonnement semblait sincère, mais Michel se méfiait, il s'était méfié de lui dès la première seconde, dès que leurs regards s'étaient croisés.

— Quelle affaire ? demanda Vannassique.

Michel et Morphée ne répondirent pas.

— À moins qu'il ne vous soit impossible d'en parler ?

— En effet. L'inspecteur Detouris et moi-même n'avons pas de preuves, dit Michel (devançant une question que Vannassique allait leur poser d'une seconde à l'autre). Des certitudes, mais pas de preuves.

— Je ne peux pas le croire. Franchement, je ne le crois pas. Dominique a fait des fugues, adolescent, et même enfant. Il a été élevé de manière un peu… chaotique. J'ai et j'aurai toujours le remords de ne pas en avoir pris conscience plus tôt. Par la suite, il lui est arrivé d'avoir de mauvaises fréquentations, comme on dit. Mais de là à… Une affaire grave ? Non, certainement pas.

— Cela lui est pourtant déjà arrivé, dit Morphée. D'être mêlé à une affaire grave.

— Pas du tout ! Qu'entendez-vous par « mêlé » ? Il a eu un très mauvais passage vers l'âge de vingt ans. Il connaissait des voyous, des crapules, dont lui-même, il me l'a dit par la suite, ne mesurait pas la capacité de malfaisance, jusqu'à cette histoire à laquelle vous faites allusion. Mais lui n'a rien fait, rien ! D'ailleurs, la police le sait.

Il y eut un silence.

— Néanmoins, nous devons l'interroger, dit Morphée. Vous êtes bien certain de ne pouvoir nous donner une indication, même vague, qui nous permettrait de savoir où il est actuellement ?

L'entretien prenait un tour étrange. Tous trois parlaient presque cérémonieusement, comme si quelque chose de mauvais et de dangereux pouvait affleurer à chaque mot et faire explosion dans la pièce, et que seul un langage châtié eût le pouvoir de les préserver de cette explosion.

— Certain, dit tristement Donatien Vannassique. Je ne sais pas où il est.

« Là, il dit la vérité », pensa Michel.

— À quand remontent les dernières nouvelles que vous avez eues de lui ? demanda-t-il.

– Il m'a téléphoné vers la fin du mois de mai. Il s'apprêtait à partir pour la montagne, puis de là, peut-être, en Corse. Il se déplace souvent en hélicoptère. Un cadeau que je lui ai fait pour son avant-dernier anniversaire. Il ne reste jamais très longtemps au même endroit, il bouge beaucoup. C'est en tout cas l'impression qu'il me donne. Mon fils a sa vie. Je ne peux pas dire que je sois en rapport intime avec lui. Je ne pense pas l'avoir jamais été, hélas…

Il y avait dans sa voix une note de détresse non simulée. Un silence suivit sa déclaration. Il tournait le dos à une baie vitrée, vaste et large comme un écran de cinémascope, par laquelle on voyait toute la vallée et ses mille fumées. Grand, massif, il paraissait moins que son âge. Il était chauve, blond (les sourcils presque roux), et il avait les yeux bleus. Il changeait souvent d'expression, ou même semblait avoir plusieurs expressions à la fois, douce et dure, naïve et duplice.

Il regarda sa montre.

– C'est l'heure de ma bière sans alcool. Voudriez-vous prendre quelque chose avec moi ?

Ils acceptèrent.

Ils avaient encore une question à lui poser, la plus importante, et le moment idéal ne s'était pas présenté.

– Très bien, dit Vannassique en appuyant sur une sonnette. Que souhaitez-vous boire ?

– Une eau minérale gazeuse ? dit Michel.

– Très bien !

– Moi aussi, dit Morphée.

À ce moment entra dans le bureau une femme très âgée mais qui se tenait bien droite, grande, maigre, comme transparente, ridée, avec de longs cheveux blancs tout lisses.

Elle salua les visiteurs d'un imperceptible signe de tête et de quelques mots inaudibles tout en allant droit vers celui qu'on avait aussitôt envie d'appeler son maître, tant elle semblait d'avance et comme hypnotiquement soumise aux ordres qu'il allait lui donner.

– Dominique, s'il vous plaît, deux eaux minérales gazeuses, en plus de ma bière.

Elle fit oui de la tête, se retourna et disparut, on ne la vit ni ne l'entendit plus.

– J'espère que votre enquête vous amènera vite à constater, malgré vos certitudes, que mon fils n'a rien fait de mal. Si vous le retrouvez... pourrais-je vous demander de me prévenir tout de suite ?

– Bien entendu, dit Morphée.

– Il n'a rien fait. C'est impossible, je vous assure.

La femme revint avec les boissons. Elle fixait Michel et Morphée comme si elle avait décelé en eux des ennemis possibles et leur présenta le plateau sans bienveillance, d'un geste purement mécanique. Morphée dut même se forcer un peu pour soutenir son regard insistant et désagréable. (« Si ses yeux

198

avaient été des bouteilles de propane, dit-il plus tard à Michel, elle m'asphyxiait. ») En revanche, elle fut pleine d'attentions pour son maître, cherchant le meilleur endroit où poser le verre de bière, écartant des papiers sur le bureau, hésitant au dernier moment, prête à le lui tendre et en amorçant le geste, tout énervée d'empressement.

— Merci, Dominique, lui dit-il avec douceur.

Elle lui sourit, d'un sourire à faire peur, qui rajouta mille rides à ses joues. Elle se décida à poser le verre sur le bureau et disparut aussi vite que la première fois.

C'est alors que Morphée posa la question :

— N'avez-vous pas été récemment l'objet de menaces, d'un chantage ?

— Non, pas du tout ! dit Vannassique.

Michel scrutait son visage.

« Là, il ment », se dit-il.

39

Finalement, Michel et Morphée ne déjeunèrent pas au relais routier que connaissait Morphée, mais, sur les hauteurs de La Mulatière, dans un restaurant dont des pancartes publicitaires vantaient la terrasse ombragée et le panorama. La nourriture était médiocre, mais la publicité non mensongère : il y avait bien une terrasse à l'ombre et une vue sur Lyon. Il est vrai que la vue donnait sur le VIIe arrondissement de la ville, c'est-à-dire sur le quartier de Gerland, donc sur le port industriel Édouard Herriot, l'usine d'incinération des immondices, les abattoirs municipaux de la Mouche, la Maison des mères, la station de désinfection et la darse des hydrocarbures, de sorte qu'on pouvait se demander d'où venait en réalité l'odeur spéciale dégagée par le plat du jour (peut-être le plat d'un autre jour, comme le suggéra Morphée).

L'épuisement, la chaleur, l'insomnie et les tranquillisants enfonçaient toujours plus Michel dans un état somnambulique. Il avait du mal à porter sa fourchette à la bouche.

— Tu devrais dormir, cet après-midi, lui dit Morphée. J'irai voir Paul et je lui ferai le compte rendu de notre entrevue avec Donatien. Il n'y aura plus qu'à attendre les ordres.

— Quels ordres ?

— Justement, je ne sais pas. Situation bloquée.

— J'aurais donné cher pour avoir une preuve à poser sur son bureau, dit Michel. Il est sûr qu'on ne peut pas reconnaître son fils sur la cassette, tu comprends.

— Remarque, c'est vrai que les preuves, on n'en a pas des fourgons. J'espère qu'on n'est pas en train de rêver.

— Qu'est-ce que tu crois, toi, au fond ?

Michel avait parlé les yeux fermés, comme s'il allait piquer du nez dans son assiette.

— La même chose que toi. Je crois qu'il détruirait la planète pour sauver un cheveu de son fils. Je crois surtout que tu devrais aller roupiller le plus vite possible.

— On s'en va, dit Michel. Il faut que je tienne debout ce soir, c'est l'anniversaire de Nadia.

— C'est ce soir ? Tu la congratuleras de ma part. Bon anniversaire de la part de Morphée. Tu lui as transmis mes compliments, pour le concours ?

— Pas encore.

— Tu y penseras ?

– Penserai, dit Michel.

– Dix-neuf ans ?

– Dix-neuf. Neuf et un, dix, un et zéro, un.

– Et alors ? dit Morphée.

– Rien, j'essayais de trouver un rapport entre son âge et le fait qu'elle vient de connaître à Paris son premier ami.

Michel n'avait pas encore fait part à Morphée de cette fracassante information.

– Aïe, aïe, aïe ! dit Morphée en secouant la main. Nadia, un ami ! Je comprends ! Je me demandais ce que tu avais ces derniers temps, maintenant je comprends tout !

Michel arriva en nage au sommet de ses six étages. Il fit boire son chat et le gratifia sur le crâne d'un gratouillis peu allant, appela Anna Nova pour lui dire qu'il pensait à elle sans arrêt, puis il se dévêtit. Constatant qu'il frissonnait malgré la chaleur équatoriale, il passa son pyjama rouge épais, celui dont le pantalon avait tellement de boutons qu'il le prenait régulièrement pour la veste, et il se mit au lit.

Il dormit deux heures d'un sommeil à la fois profond et agité. Il rêva de choses horribles dont il ne se souvint plus, et de voyages dans l'espace qui laissèrent dans son esprit une trace plus tenace : il se mouvait à grande vitesse de planète en planète, puis il se rendait compte qu'il était lui-même une petite planète dont les dimensions

étaient exactement celles de son corps, puis il grossissait, grossissait, et devenait une planète de plus
en plus grosse, et soudain il se voyait, mais c'était
pour constater que cette immense planète qui était
lui-même était invisible, mais il la percevait néanmoins, car elle était audible, elle s'était transformée en une masse infinie d'ondes sonores, un
infini de pure musique qui à la fois le berçait et le
chassait hors du sommeil – et c'est ainsi qu'il
s'éveilla, sans savoir s'il s'était écoulé trois minutes
ou trois jours, sans savoir où il était, et si même il
était sur terre.

Il regarda l'heure, cinq heures seize.

Il était trempé, sans force, brûlant. Il crut qu'il
était malade, mais il se sentit mieux après quelques minutes. Le mal, d'une nature autre que physique, avait profité du sommeil de son hôte pour
fuir la cervelle et envahir le corps torpide, et, dès
que Michel se fut levé et ébroué, retourna hypo-
critement se dissimuler au creux d'un lointain
méandre cérébral où il se tint coi en attendant de
nouveau son heure.

Michel mourait de faim. Il se prépara un
énorme bol de café au lait et y trempa d'énormes
tartines. Saint-Thomas se frottait continûment
contre ses jambes. Michel apprécia beaucoup son
attitude : aujourd'hui, le chat lui donnait de l'affection sans compter et s'accommodait de très peu
en échange, comme s'il comprenait que son maître
vivait un moment difficile.

Ensuite, Michel prit une longue douche. Il mit son pyjama, ses draps et ses vieux habits dans la machine à laver. Vêtu d'un peignoir, avachi dans son canapé, fumant et téléphonant sans arrêt (à Mazars, à Mariquita, pour la prévenir du coquard sur le front, à Nadia, à Anna Nova, pour lui redire qu'il pensait à elle sans arrêt et s'entendre dire la même chose, à David Forest – mais il raccrocha avant de finir le numéro), il enregistra à l'intention de François Francis la *Septième symphonie* de Bruckner par Heinz Rögner.

Il avait songé à proposer à Anna de l'accompagner à l'anniversaire de Nadia, puis il avait estimé qu'une telle invitation était prématurée, sans parler de la garde de David.

À la fin de la symphonie, ses cheveux furent complètement secs.

Il s'habilla et réduisit au minimum la surface du sparadrap sur son front.

À sept heures, le corps toujours endolori par ses exploits de la veille, mais nettement plus en forme que quelques heures auparavant, il sortit de son appartement vêtu d'un blouson clair qu'il portait pour la première fois, les boucles de ses cheveux bruns retombant sur le col de la manière la plus seyante.

Au troisième étage, il trouva Madeleine Cachard qui descendait l'escalier. Il fut étonné. Ce n'était pas ses heures.

– Où vous allez, madame Cachard ?

— Tu n'as pas ramassé un mauvais coup ? dit-elle en désignant son front.

— Non, c'est le chat. Il n'a pas fait exprès. Vous allez à une soirée dansante ?

— Non. Je vais voir l'O.R.L. de la rue Flesselles, il m'a donné rendez-vous à sept heures et quart.

Elle avait prononcé « l'irréel », mais, comme il y avait un petit centre médical rue Flesselles, Michel avait compris.

— Pourquoi ? Vous êtes malade ?

— J'ai un peu mal à la gorge, quand j'avale.

— Depuis quand ?

— Depuis ce matin.

— Vous avez très mal ?

— Non, dit-elle en détournant les yeux, comme embarrassée.

Nouvel étonnement de Michel. Il savait qu'elle n'était pas douillette, elle n'allait pas chez le médecin pour un oui, pour un non.

— Vous êtes sûre que ça vaut le coup d'aller voir un spécialiste pour ça ?

— Eh bien… c'est Clotilde qui m'a fait peur…

— Ruflet ? Comment ça ?

Cachard hésita, décidément gênée.

— Oui, elle m'a dit que c'était les rats…

— Les rats ? s'écria Michel.

— Oui, elle m'a dit qu'il y avait des rats dans l'immeuble. Il paraît qu'ils mettent de l'infection partout, et si on l'attrape, c'est mauvais. (Elle désigna sa gorge et ajouta sans conviction :) La preuve…

– Mais il n'y a pas de rats ! Vous en avez vu, vous ?

– Non.

– Et la Ruflet, elle en a vu ?

Mme Cachard était de plus en plus mal à l'aise, penaude, comme prise en faute.

– Non, mais elle dit qu'elle en a entendu.

Michel éclata de rire.

– Entendu ? « Entendu », Ruflet ! Entendu des rats ! Elle est complètement folle. Vous avez un peu mal à la gorge comme tout le monde par ces grosses chaleurs, les rats n'ont rien à voir là-dedans ! (Ébranlée par le discours de Michel, la bonne Mme Cachard était prête à remonter chez elle.) Enfin, maintenant que vous êtes partie, allez-y, il vous prendra la tension, des choses comme ça, mais oubliez cette histoire de rats.

Elle était convaincue et soulagée.

– Tu es un trésor, mon Michel. Et tu es bien beau, ce soir ! Encore plus que d'habitude ! Même le sparadrap te va bien !

Michel sourit et continua de descendre l'escalier. Un demi-étage plus bas, il s'arrêta, se retourna et lui cria :

– Surtout, ne dites pas à l'irréel que les rats vous ont donné de l'infection dans la gorge, sinon ils vont vous garder au centre médical, méfiez-vous !

Et il dégringola le reste des marches. En bas, il tomba justement sur Clotilde Ruflet, qui prenait congé de Marie Plante, et qui, pour être dehors à une heure pareille, revenait sans aucun doute du centre médical. Ruflet était facilement anxieuse, déprimée, et elle avait tendance à inventer ou à croire des histoires fantaisistes qui la distrayaient de ses ruminations habituelles.

— Qu'est-ce que tu t'es fait, Michel ?

« Elle va croire que les rats m'ont mordu », pensa Michel. Il lui dit d'une voix forte :

— Rien, c'est mon chat. Un bon coup de griffe sans faire exprès, crac !

Puis il eut une idée. Il s'approcha de son oreille et lui dit qu'il était au courant, pour les rats, mais qu'elle n'avait plus rien à redouter : il s'en était occupé cet après-midi. Ou plus exactement, expliqua-t-il, il avait rattrapé et ramené à son propriétaire, au 5 de la rue, un vilain chat noir (étranger, donc, à leur immeuble) que plusieurs locataires avaient pris pour un gros rat. Lui-même avait failli s'y tromper. Mais maintenant c'était fini, tout était rentré dans l'ordre.

Clotilde Ruflet fut encore plus vite convaincue que Madeleine Cachard.

— Tu crois ?

— Je ne crois pas, c'est sûr.

— Tu es formidable, mon petit, formidable ! Et joli garçon ! Qu'est-ce que tu es beau, aujourd'hui !

— Merci, madame Ruflet.

« Plus qu'une ! » se dit Michel en allant saluer Marie Plante, restée sur le seuil de son épicerie.

— C'est mon chat, dit-il en désignant son front. Coup de griffe. Sans faire exprès.

Puis il montra les volets du magasin :

— Rien de nouveau ?

— Non. J'ai fait le guet une partie de la nuit. Le petit diable a dû se lasser. Il faudra que je repasse un coup de peinture un jour que j'aurai le temps et le courage. C'est vrai, que vous avez des rats dans l'immeuble ?

— Pas du tout ! dit Michel. Pure invention de certaines pensionnaires de l'asile.

— Ha, ha ! Il me semblait bien. Dis donc, je peux te dire une chose ?

— Tout ce que vous voulez.

— Eh bien, voilà, je t'ai toujours trouvé joli garçon, mais alors aujourd'hui, tu bats des records !

Et elle baissa les yeux comme une jeune fille timide.

40

Gregorio, le mari de Mariquita Flores, était mort moins d'un an après leur mariage. Elle n'avait pas eu d'enfant, et elle n'avait pas cherché à se remarier, malgré sa jeunesse et sa beauté à l'époque. Sa vie avait retrouvé un sens quand elle avait recueilli Michel et Nadia orphelins. Gregorio lui avait laissé un héritage confortable, elle-même, très bonne cuisinière, avait réussi dans la restauration, et elle avait pu élever ses enfants d'adoption aussi bien qu'elle le souhaitait. Elle avait d'abord été propriétaire d'un restaurant à Écully, dans la banlieue lyonnaise. Quelques années plus tard, elle l'avait revendu et avait acheté Le Bouche-Trou, place du Change, ainsi que son appartement du Point du Jour. Elle avait conservé l'habitude de venir travailler deux à trois heures par jour au Bouche-Trou, pour se distraire, pour ne pas être seule.

Surtout, elle avait le bonheur d'y voir souvent Michel et Nadia.

Son appartement se trouvait au cinquième et dernier étage d'un bel immeuble, impasse du Point du Jour, au cœur du verdoyant V° arrondissement de Lyon. La plupart des fenêtres donnaient sur un parc plein d'oiseaux, d'écureuils et de lapins. Mariquita, durement éprouvée par la vie dans le passé, remerciait chaque jour le destin de lui avoir accordé l'aisance matérielle. De l'argent, une activité qui lui plaisait, ses deux enfants chéris qu'elle voyait à volonté : n'était le métier de Michel, elle aurait été parfaitement heureuse. Il l'assurait régulièrement que le jour de la démission était proche. Mariquita répondait qu'elle espérait vivre assez longtemps pour voir ce jour. Michel était très affecté par ce genre de réflexion, il se sentait coupable, comme s'il lui faisait volontairement du mal.

Nadia n'était pas encore là quand il arriva. Il trouva Mariquita plus fatiguée que d'habitude, malgré ses cheveux teints, son discret maquillage et une robe foncée à fleurs qu'elle étrennait pour la circonstance. Elle l'interrogea aussitôt sur ses blessures. Michel lui avait raconté la même histoire qu'à Nadia.

— Tu me jures que tu ne me caches rien ?

— Mais oui, maman ! Je t'ai tout dit au téléphone. Une égratignure et un bleu. On n'en parle plus. Bon, elle arrive, l'autre ?

Mariquita sourit et posa la main sur la sienne :

— Si tu savais comme je vous aime, tous les deux !

Pauvre Mariquita, que son mari quitta (le jeu de mots vint à l'esprit de Michel : il n'y avait jamais pensé auparavant) si tôt dans la vie, la laissant seule à l'âge où elle se réjouissait avec la plus grande ardeur de n'être pas seule dans la vie !

Il serra sa main. Mon Dieu, toutes ces rides sur son visage ! Elle qui avait été si éclatante, elle qu'on voyait si jolie sur les photos ! Bien sûr, de cette joliesse, elle conservait des traces, mais il fallait la connaître et l'aimer autant que Michel et Nadia l'aimaient pour voir en elle aujourd'hui la magnifique jeune femme espagnole qu'elle avait été, aussi magnifique que sa sœur, la mère de Michel. Cette beauté venait des grands-parents de Michel, les parents de Mariquita, qui l'avaient transmise à tous leurs descendants — mais, les photos le prouvaient, elle s'était comme concentrée en Michel et en Nadia.

Peu après, on sonna.

— C'est Nadia, dit Mariquita. C'est drôle, je n'ai pas entendu l'ascenseur.

— Moi non plus, dit Michel.

Il alla ouvrir. C'était bien Nadia. La sonnette n'avait pas sonné toute seule, et l'ascenseur était bien là.

Les rayons du soleil couchant, frappant d'abord une grande fenêtre en verre dépoli, enveloppaient Nadia d'une lumière douce. Telle qu'elle apparaissait alors, on aurait contemplé sans fin sa splendeur physique, les yeux dans ses yeux si profonds et si vivants, où quelque chose qui était la vie même semblait naître à chaque instant, et devoir la préserver éternellement de toute misère de la chair.

Elle se tenait devant la porte, immobile, souriant à demi à Michel. Puis elle leva le bras et posa le bout de ses doigts sur le front de son frère, comme pour effacer la blessure.

— Ce n'est rien, lui dit-il, très ému. Bon anniversaire.

— Merci.

Ils s'embrassèrent.

— Tu as un joli blouson, dit-elle.

— Ouf ! dit-il, j'attendais ça pour l'enlever. Je mourais de chaud.

Elle rit.

Mariquita arriva et prit Nadia dans ses bras.

— Bonjour, maman. Je ne suis pas en retard ?

Michel regarda sa montre.

— Non, l'heure juste, dit-il. Bravo.

— À vingt-cinq, j'ai demandé à un copain de me déposer en voiture. Je lui ai dit qu'il fallait que je sois impasse du Point du Jour à dix-neuf heures trente précises. Que c'était une question de vie ou de mort.

Nadia ne venait pas de chez elle, mais de la propriété où aurait lieu la soirée, et qui se trouvait, donc, à cinq minutes en voiture de chez Mariquita. Cette villa appartenait aux parents d'un camarade de classe de Nadia, Mathieu Cassinave (déformation dialectale de « Cazeneuve »), que les élèves de khâgne appelaient entre eux « sac à vin » ou « sac à vinasse », en partie parce que son père possédait un bon cinquième des vignobles de tout le midi de la France, en partie parce qu'ils ne l'aimaient pas. Ce Mathieu, expliqua Nadia, avait une attitude un peu hautaine, comme s'il cherchait toujours à laisser entendre que le lycée ne constituait qu'une part négligeable de sa vie, qu'il avait mieux à faire ailleurs et qu'il le faisait. La première fois qu'il avait vu Nadia, il s'était conduit avec elle de façon déplaisante, en « fils à papa » qui pouvait tout se permettre et à qui tout était dû. Elle lui avait dit ce qu'elle pensait de son comportement. Une semaine plus tard, il s'était excusé. Par la suite, elle avait appris à l'apprécier. C'était l'un des meilleurs élèves de la classe (et celui qui travaillait le moins). Il faisait partie des quatre qui avaient réussi le concours. De plus, il était comme Nadia passionné d'astronomie, mais beaucoup plus érudit qu'elle dans ce domaine. Elle avait également compris qu'il « frimait » parce qu'il était malheureux et au fond timide. Ce qui n'était certes pas une qualité en soi, mais enfin on ne pouvait le prendre longtemps pour le vilain personnage qu'il cherchait volontiers à paraître, et Nadia n'avait pas refusé de se rendre à trois ou quatre des soirées qu'il avait organisées.

— En un mot, il est amoureux de toi, dit Michel. Pas la peine d'aller chercher la petite bête à quatorze heures, comme dit Morphée.

213

Mariquita se mit à rire, ce qui lui arrivait rarement et lui valut diverses manifestations affectueuses de la part de ses enfants.

— Je dirai à Morphée que ça t'a fait rire, dit Michel, il sera content. (À Nadia :) À propos, il te félicite pour le concours et il te souhaite un bon anniversaire.

— Tu le remercieras, dit Nadia. Tu y penseras ?

— Penserai, dit Michel.

Dès que Mathieu Cassinave avait su que Nadia cherchait un lieu pour sa soirée d'anniversaire, il lui avait proposé la maison que ses parents venaient d'acheter au Point du Jour (juste avant leur départ en vacances dans le Midi). Lui-même avait d'ailleurs prévu une soirée pour fêter leur réussite au concours, à lui, à Nadia, et aux deux autres élus, Michel Rego et Nadine Leroy : pourquoi ne pas tout célébrer le même jour ?

Vint l'offrande des cadeaux. Nadia trouva superbe et mystérieuse la montre radio-pilotée Junghans Nova alarm, la mit à son poignet et assura Michel qu'elle ne l'ôterait jamais. Quant à Mariquita, elle offrit à Nadia un bracelet en or acheté chez un antiquaire de la rue Auguste Comte et qui avait dû lui coûter une fortune. Nadia fut presque gênée. Mariquita protesta : « Mais non, ce n'est rien du tout, rien du tout ! » Elle répétait « rien du tout » chaque fois qu'il était question de son cadeau, si bien qu'ensuite on ne parla plus du royal bracelet que comme du « rien du tout », ce fut son nom.

Ils dînèrent. En débarrassant la table, Mariquita laissa tomber un verre. Elle se baissa pour le ramasser et alla à la cuisine, où Michel et Nadia, croyant qu'elle s'était coupée, la rejoignirent quelques secondes après. Elle ne s'était pas coupée, mais ils la trouvèrent en train de se frotter les mains avec du vinaigre.

— Qu'est-ce que tu fais ? dit Michel.

— Rien, j'ai des fourmis dans les mains. Ça passe, avec le vinaigre.

— Ça t'est déjà arrivé ?

— Deux ou trois fois. C'est la circulation du sang. C'est normal, à mon âge.

— Tu n'as pas ressenti une paralysie, quand tu as laissé tomber le verre ?

Elle hésita à répondre.

— Pendant une minute, j'ai les doigts un peu engourdis, et puis ça passe. Tenez, regardez, c'est fini.

Mains levées, elle ouvrit et referma plusieurs fois les doigts.

« On dirait qu'elle nous dit adieu », pensa Michel, presque amusé lui-même de sa vision mélodramatique. Mais il demeura inquiet encore quelques instants, parce qu'il s'était souvenu aussitôt de la mort de Fanny Mendelssohn, la sœur de Felix, telle qu'elle est rapportée par Sebastian Hensel, son époux : la paralysie des mains, le vinaigre, et, quelques heures plus tard, la paralysie générale et la mort.

– Tu en as parlé à ton médecin ?

– Oui. J'ai toujours eu une mauvaise circulation du sang. Il m'a dit qu'avec l'âge, ça ne s'arrangeait pas. (Elle sourit.) Arrêtez, tous les deux !

Après le café, ils lui demandèrent de chanter des chansons espagnoles, comme chaque fois qu'ils dînaient chez elle. Et, comme d'habitude, elle voulut bien, si Nadia jouait d'abord un peu de piano. Avant de s'installer rue Bellecordière, Nadia vivait chez Mariquita, où elle avait toujours sa chambre et son premier piano.

Ils allèrent dans la chambre. Mariquita s'assit sur une chaise, Michel se tint debout à côté d'elle. Nadia joua un morceau que Michel ne connaissait pas, une transcription qu'elle avait faite elle-même d'une pièce pour violon et piano de Beato Mortifero, *Les étoiles filantes*, pièce ravissante, mais surtout d'une virtuosité qui sidéra Michel, pourtant habitué à la technique sidérante de Nadia. Puis elle joua le célèbre *Lied sans paroles* n° 6, de Felix Mendelssohn, que Mariquita réclamait toujours.

Mariquita et Nadia échangèrent leurs places. Quand elle chantait, Mariquita s'accompagnait elle-même – pauvrement, quelques accords et quelques arpèges, mais si quelqu'un d'autre l'accompagnait, elle était tout de suite perdue. Un peu de l'émotion propre au flamenco passait dans les « espagnolades » qu'elle interprétait, et, comme elle y mettait tout son cœur, Michel et Nadia finissaient toujours par avoir la gorge serrée. Mariquita chanta trois chansons, *Cuando yo me muera*, *Como el santo rey Miguel* (celle-ci faisait partie de tous les récitals, et était toujours suivie d'un gentil sourire adressé à Michel), et *La luz del alba*.

Quand elle eut fini, elle tourna vers eux un visage baigné de larmes.

Ils furent stupéfaits. Elle pleurait rarement.

– Pourquoi, maman ?

– Pour rien… Ces chansons, vous savez bien…

Michel et Nadia durent faire un gros effort pour ne pas pleurer eux-mêmes.

CINQUIÈME PARTIE

41

Dominique Vannassique se réveilla à plus de huit heures du soir, en ce torride jeudi 4 juillet, dans la maison de Frédérique, son amie, rue Pipéroux, quartier de Montchat, à quelques centaines de mètres du boulevard Pinel, qui longeait l'immense hôpital psychiatrique du Vinatier, et à quelques dizaines de mètres de l'immense hôpital de Grange-Blanche.

Quartier triste entre tous, idéal pour venir s'y enterrer. D'autant plus que la maison de Frédérique, d'un luxe inattendu à l'intérieur, douillette antichambre de la mort, tournait le dos à la rue Pipéroux, toutes ses fenêtres donnant sur un petit terrain clos : on ne savait pas où on était, on n'était nulle part. Ici, rien n'arrivait. On attendait, sans rien attendre de particulier.

Quand Dominique séjournait au Grand Hôtel de Perrache, une dizaine de personnes (dont son père) étaient au courant. Chez Frédérique, personne. Pas de visites, pas de courrier, pas de

coups de fil. Rien à faire, sinon mourir tranquillement. Enfin, tranquillement n'était pas le mot.
Malgré la drogue et les somnifères, et à cause
d'eux, il y avait des moments de terrible angoisse,
par exemple le moment du réveil, en fin de journée. Comment en finir, quand on est incapable du
geste décisif ? Mon Dieu, mon Dieu ! Demander à
Frédérique de l'aider ? Il y avait pensé. Il avait
pensé à tout. Mais Frédérique se serait plutôt tuée
elle-même. Il n'en revenait pas que quelqu'un ait
pu l'aimer aussi fort en aussi peu de temps. D'un
autre côté, c'était bien ce qu'elle faisait, l'aider à se
tuer, en lui montrant si farouchement l'exemple :
le dernier médecin qui l'avait vue lui avait dit que
si elle continuait à absorber et à s'injecter autant
de produits nocifs, elle en avait pour un à deux
ans de vie.

Dominique, lui, n'aurait su dire ce qu'il éprouvait pour Frédérique. En tout cas, il avait eu besoin d'elle immédiatement, dès l'instant où ils
s'étaient rencontrés et comme reconnus, un soir à
onze heures dans le bureau de tabac de la gare de
Perrache. (Elle était si différente, il l'avait senti
tout de suite, de toutes les femmes qui s'étaient oc-
cupées de lui enfant, et qu'il avait toutes plus ou
moins détestées !) À deux heures du matin, ils faisaient l'amour, et, après quelques jours passés ensemble à l'hôtel, Frédérique avait fini par
convaincre Dominique de venir s'installer rue Pipéroux. Elle ne lui avait posé aucune question sur

222

son passé. Et Dominique ne savait rien d'elle, sinon que la maison faisait partie des nombreux biens qu'elle avait reçus en héritage de ses parents.

Il aurait souhaité mourir pendant qu'il faisait l'amour avec elle, chaque nuit (à deux heures du matin : l'heure était restée la même). Mais il ne mourait pas, et ensuite il connaissait un autre moment d'angoisse extrême, et c'était alors, vraiment, qu'ils abusaient de toutes les substances euphorisantes et destructrices que leurs corps pouvaient supporter sans voler en éclats ou tomber en poussière.

Dominique s'étira. Il n'aimait pas se réveiller sans Frédérique à ses côtés, mais elle se levait souvent une heure avant lui, pour faire des courses et pour préparer le petit déjeuner. Il vit par les grosses fentes des volets en bois qu'il faisait encore jour, encore soleil. Et quelle chaleur, dans la chambre !

Il rejeta le drap qui le recouvrait, s'étira à nouveau, poussant cette fois un long geignement. Frédérique l'entendit et monta l'escalier. C'était une femme assez grande et bien faite d'une trentaine d'années – ou plus, ou moins, c'était difficile à dire, du fait de son allure et de ses traits à la fois juvéniles et fatigués. Une somptueuse chevelure rousse et surtout un pli particulier au coin des lèvres donnaient à son visage une grande séduction.

Elle embrassa Dominique et alla entrouvrir les volets.

— Pas trop ! dit Dominique en mettant une main devant ses yeux.

— Non, pas trop, dit-elle doucement.

Elle entrouvrit les trois volets de la vaste chambre. Les murs étaient blancs, légèrement rugueux, comme à la campagne. Une grosse poutre soutenait le plafond en son milieu. Les meubles, lit, commode, armoire, chaises, tables de chevet, semblaient avoir été taillés dans le même bois. Frédérique faisait régulièrement le ménage et le faisait avec soin, on ne voyait pas un grain de poussière. Une glace au cadre doré, bien astiquée, était fixée au-dessus de la commode. À côté, un tableau de bonnes dimensions, ironie du sort, représentait un naufrage. La toile, datée de 1839, non signée, témoignait d'une grande habileté technique (les hautes vagues, le ciel sombre, les mâts brisés, les visages défaits par la panique étonnaient par leur vérité de photographie) et d'un symbolisme naïf — ou complexe, ou confus, on ne savait trop : une embarcation de secours avait été mise à la mer, un vieillard se tenait seul dans cette embarcation, chenu, hirsute, œil fou et gestes de singe, et il empêchait par la violence toute autre personne d'y monter. Pourtant, hommes menaçants, femmes suppliantes tendant leur enfant à bout de bras, les candidats ne manquaient pas, une véritable foule.

Dominique s'assit sur le rebord du lit et demeura prostré, semblant se demander comment il allait faire pour se mettre debout. Frédérique vint l'aider. Il se leva, s'habilla. Il était grand, maigre, blond, assez beau. Ils traversèrent la chambre et descendirent lentement l'escalier. La pièce du bas avait la même allure campagnarde que le premier étage. Sur une longue table en bois était disposé tout ce qu'il fallait pour un bon petit déjeuner.

Frédérique ne songeait pas à remettre en question leurs nuits suicidaires, comme si la nuit ils étaient deux autres personnes. Pourtant, elle aurait fait n'importe quoi pour Dominique, elle s'occupait de lui, elle voulait son bien, chaque jour elle lui proposait de sortir, d'aller au café, au cinéma, au parc de la Tête d'Or, ou simplement de traverser ensemble la ville en voiture. À chaque refus de Dominique, elle ne manifestait aucun dépit et lui tenait un langage d'espoir, elle lui disait : « Tant pis, demain. On essaiera de sortir demain. Tu verras qu'après, tu seras content. Et si ce n'est pas demain, ce sera après-demain, ne t'en fais pas, mon chéri ! » Mais Dominique savait que le tourment dont il souffrait ne lui permettrait plus d'être content, que ce tourment ne lui permettrait plus jamais rien. Son seul espoir était qu'un moment viendrait peut-être où l'horreur de la mort serait moins horrible que l'horreur de la vie, et où il pourrait accomplir le geste libérateur. Sinon, combien de temps continuerait-il à se tordre de désolation à la frontière de ces deux horreurs ?

Il souffrait encore plus depuis la mort de la jeune fille.

Une nuit, il avait été sur le point de tout avouer à Frédérique. Il était certain qu'elle aurait compris, qu'elle ne l'aurait pas abandonné. Il n'avait pas pu. Mais il savait qu'il lui parlerait un jour ou l'autre.

Il se versa du café, un peu de lait, commença à se faire des tartines.

La porte et les deux fenêtres donnant sur le jardin étaient grandes ouvertes. Le soleil déclinant ne laissait pas un seul point de la pièce dans l'ombre.

Il faisait un peu moins étouffant que dans la chambre.

Frédérique fouilla dans un tiroir. Elle s'approcha de Dominique, tenant un papier qu'elle posa devant lui. C'était la photocopie d'un plan tracé à la main.

— On est le 4, dit-elle avec un petit sourire.

— Tu avais gardé la lettre ? dit Dominique étonné, et presque sur le point de sourire lui aussi.

— Oui. On y va ? Ce serait bien ! On se prépare, on y va quand tu veux, on rentre quand tu veux… Ça te ferait du bien, de revoir ton copain, non ? Je suis sûre que si.

Dominique prit un air découragé, ce qui ne lui demanda pas trop d'efforts.

— Si tu savais comme je n'ai pas envie…

— D'accord, dit Frédérique. On verra tout à l'heure. Si tu n'as pas envie, on n'ira pas. Ne t'en fais pas.

Mathieu Cassinave était la dernière personne à

avoir fait signe à Dominique au Grand Hôtel de Perrache, les derniers jours, quand Frédérique partageait déjà la chambre de Dominique. Mathieu avait téléphoné pour lui proposer de venir à une soirée qu'il donnait le 4 juillet. Ils ne s'étaient pas parlé depuis un certain temps, et Dominique avait été ému d'entendre sa voix. Mais il avait refusé. Mathieu avait insisté, il lui avait dit à quel point cela lui ferait plaisir. De toute façon, il lui envoyait un plan pour qu'il trouve facilement la nouvelle maison de ses parents, au Point du Jour (une maison qui lui rappellerait, lui dit-il, leurs versions latines et grecques du lycée du Parc : il comprendrait pourquoi s'il venait). Le plan était arrivé le lendemain. Il était accompagné d'un petit mot qui avait de nouveau ému Dominique, comme un dernier appel du monde, venant de la personne dont il avait été sans doute le plus proche dans la vie.

Le fils du roi de l'engrais et le fils du roi du vin, dont les parents étaient voisins une vingtaine d'années auparavant, chemin de Vassieux, à Caluire, et qui se ressemblaient tellement physiquement qu'on les prenait souvent pour des frères, se connaissaient depuis l'école primaire. Ils s'adoraient enfants, étaient restés très liés jusqu'à l'adolescence, puis leurs rapports s'étaient espacés quand Dominique avait laissé tomber ses études, après le bac. Mathieu s'était déjà rendu compte à cette époque à quel point il allait mal, et sur quelle mauvais chemin il s'engageait. Un jour, il avait essayé de lui parler. C'était un souvenir pénible. La conversation les avait éloignés l'un de l'autre, elle avait révélé leur impossibilité à communiquer comme par le passé. Mathieu avait toujours connu Dominique anxieux et mélancolique mais, cette fois, il l'avait trouvé malade de dépression, replié sur une douleur qui le rongeait de l'intérieur. Par la suite, tout en se sentant coupable de son attitude, il lui était même arrivé de l'éviter. Mathieu comprenait pourquoi, il avait toujours vu en Dominique un autre lui-même, il voyait maintenant le malheureux tourmenté, soumis au mal, perdu, qu'il aurait pu devenir, lui, Mathieu, et cela le mettait mal à l'aise. Il avait fini par ne plus le rencontrer que de loin en loin, dans les soirées.

Mais le lien profond qui les unissait, ils le savaient l'un et l'autre, était intact.

Au moment où Dominique finissait son petit déjeuner, on sonna à la porte, discrètement.

Frédérique fut étonnée.

– Je ne vois pas qui peut venir ici, dit-elle.

« La police ! » pensa Dominique, avec une sorte de soulagement, car l'idée de la mort prit aussitôt dans son esprit la forme suivante : si c'était la police, il ne supporterait pas un procès, encore moins la prison, donc il aurait le courage de se tuer.

Et donc la satisfaction de porter un coup terrible à son père. L'une des mille choses qu'il ne pardonnait pas à son père, c'était de l'avoir tiré d'affaire au moment du meurtre, de s'être occupé de tout – et de l'avoir vu et recueilli en état de folle panique, de peur et de faiblesse honteuses, abjectes. Il ne lui pardonnait pas de l'avoir sauvé. En se supprimant, en étant lui-même l'instrument de sa propre perte, il rétablirait une espèce d'équilibre.

– Attends, j'y vais, dit-il à Frédérique.

Il se leva et traversa la pièce d'un pas décidé. Frédérique ne l'avait jamais vu marcher ainsi.

Il ouvrit la porte.

Il se trouva devant un homme d'une quarantaine d'années, grand, solide, d'une laideur qui sautait immédiatement aux yeux, le front lisse et la tignasse noire et drue d'un enfant de treize ans mais les joues couvertes d'une infinité de minuscules rides, le nez de la forme et de la taille d'une petite poire, la bouche répugnante tellement elle était petite et sans lèvres – mais le plus frappant, c'étaient de nombreuses dissymétries qui le rendaient presque monstrueux : largeur et hauteur des épaules, longueur des bras, taille des mains et des pieds, ou grosseur des narines ou des yeux, ou encore écartement des oreilles, rien n'était égal.

– Noël Tisot, détective privé, dit-il à Dominique. C'est votre père qui m'envoie. Veuillez excuser ma démarche, mais il fallait absolument que je vous parle. Votre père a reçu ce matin la visite de deux inspecteurs de police qui vous recherchent. Il m'a demandé de tout faire pour vous en avertir. Vous pouvez l'appeler, si vous voulez vérifier.

– Non, dit Dominique.

Frédérique s'approcha. Noël Tisot la salua :

– Madame...

– Comment vous m'avez retrouvé ? demanda Dominique.

– Petite enquête. J'ai appris votre liaison avec Madame, le reste était facile, dit Noël Tisot avec une certaine suffisance.

– Bravo quand même, dit Dominique.

– C'est mon métier, vous savez.

– C'est aussi le métier de la police...

– Oui, mais ils ne m'arrivent pas à la cheville, dit-il. (Son visage subit un certain nombre d'étranges modifications : il souriait.) À mon avis, vous êtes en sécurité dans cette maison. Est-ce que je peux vous parler une minute ?

Dominique était presque amusé. Il sentit fondre une bonne partie de son agressivité contre l'envoyé de son père. De plus, son regard était doux, et sa voix agréable, chaude, rassurante dans ses inflexions.

– Oui, entrez, dit-il.

– Qu'est-ce qui se passe ? dit Frédérique.

– Rien, ma chérie. Je t'expliquerai. Rien de grave.

C'était la première fois qu'il l'appelait ma chérie, elle en fut heureuse.

– Asseyez-vous, dit Dominique. (Ils s'assirent tous les trois.) Vous prendrez un peu de café ?

– Pourquoi pas ?

– Qu'est-ce qu'ils me veulent, ces deux inspecteurs ? Ils l'ont dit à mon père ?

Noël Tisot jeta un coup d'œil à Frédérique :

– Bien entendu, je peux parler librement devant Madame ?

– Oui, dit Dominique. (Il répéta à Frédérique :) Je t'expliquerai.

Elle servit du café au détective. Elle, elle n'aimait pas du tout cet homme. Il lui faisait peur, et il la dégoûtait.

– Ils lui ont dit en substance qu'ils savaient tout mais qu'ils n'avaient pas de preuves. Du bluff ? Oui, sans doute, jusqu'à un certain point. Mais il est certain qu'ils ont un élément nouveau. Lequel, on ne sait pas. Mais rassurez-vous, il est tout aussi certain qu'ils n'ont effectivement pas de preuves, sinon ils s'y seraient pris autrement, croyez-moi.

– Je ne suis pas inquiet, dit Dominique.

Noël Tisot avait perçu l'immensité du désespoir de Dominique.

Un tel désespoir ne lui était pas inconnu.

– Vous n'avez pas à l'être. (Il jeta un coup d'œil dans la belle pièce confortable.) Ne sortez pas. Et s'ils devaient vous trouver, niez. Niez tout.

À ce moment précis, Dominique eut l'impression que le détective lui voulait vraiment du bien, et qu'on pouvait compter sur lui. Son père avait choisi le bon collaborateur.

– Merci, dit-il.

– Votre père souhaiterait que vous lui téléphoniez.

– Je ne pense pas que je le ferai.

– Je vous transmets simplement son message. Il y a autre chose, toujours de sa part.

– Quoi ? dit Dominique.

– Il souhaiterait que je rencontre l'autre jeune fille, celle qui a les cheveux blonds très longs.

– Pourquoi ?

– Il pense qu'elle est peut-être complice des gens qui le font chanter.

– C'est une absurdité, dit Dominique (plus animé que Frédérique ne l'avait jamais vu). Je connais bien Nathalie. Cette idée ne tient pas debout. Je la connais bien et je l'aime bien, je ne veux pas qu'on l'embête avec des sottises.

– Je ne l'embêterai pas, dit le détective. Au contraire.

– Pourquoi, au contraire ?

– À supposer que l'hypothèse de votre père soit fausse, ce que je croirais volontiers maintenant, je pourrai la mettre en garde contre la police. Contre la police et contre les maîtres chanteurs. Ils pourraient très bien l'embêter, eux, s'ils la retrouvaient, pour exercer une pression supplémentaire sur votre père. Par exemple en l'obligeant à signer un témoignage sous la menace.

Dominique fut frappé par cette éventualité.

– Je la préviendrai, dit-il.

– Ne m'en veuillez pas si je vous dis que vous

auriez tort. Vous risquez de l'affoler et de faire plus de mal que de bien. Si j'osais, je vous demanderais de me faire confiance. Nul mieux que moi ne peut l'aider, lui expliquer les risques qu'elle court, et l'amener à se protéger le plus efficacement possible.

Deuxième accès de vanité un peu puérile. Dans ces moments-là, Noël Tisot redressait la tête, prenait une inspiration plus profonde et regardait son interlocuteur d'un air un peu arrogant. Cela ne durait pas.

Pauvre Nathalie ! Quelle triste destinée ! Quel remords pour lui, Dominique, de l'avoir entraînée dans cette histoire qui la marquerait à vie ! Et quelle tristesse de la savoir avec Primera, ce souteneur vicieux et hypocrite ! Dominique avait pris quelquefois des nouvelles de Nathalie, puis il l'avait trouvée de plus en plus froide au téléphone, et il n'avait plus osé appeler, d'autant qu'il était tombé deux fois sur Primera.

Noël Tisot avait raison.

– D'accord, lui dit Dominique.

42

L'impasse Jacques Louis David prenait dans la rue des Noyers, laquelle menait presque au carrefour de l'Étoile d'Alaï, qui marquait la frontière entre le Ve arrondissement et la commune de Tassin-la-Demi-Lune. La propriété des Cassinave était située au fond de l'impasse et la fermait. La configuration des lieux rappelait l'impasse du Point du Jour, et bien d'autres impasses de ce quartier et de cet arrondissement.

La maison datait de la fin du XIXe siècle. Elle avait été dessinée par Antoine Morin, un architecte ambitieux, cultivé, original, très apprécié en son temps des Lyonnais fortunés. Il s'était inspiré des hôtels particuliers romains de la République, lorsqu'ils commencèrent à être envahis par les richesses. À la sobriété de la première partie de la maison (l'équivalent de la maison romaine à atrium), côté rue, succédait sous le même toit une sorte de deuxième maison, à la grecque, d'un luxe ostentatoire : marbre omniprésent recouvrant non seulement les colonnes du péristyle, mais aussi les murs, appliques de bronze, d'argent et d'or, meubles en bois précieux, abondance d'incrustations d'ivoire et d'écaille, sans parler des nombreuses peintures imitées de celles de Pompéi et d'une véritable population de sculptures. Puis on débouchait sur la dernière splendeur, le parc, trois hectares de gazon, de bosquets et de fleurs autour d'un lac artificiel brillant sous la lune, et des animaux à foison (dont trois biches, avait dit Mathieu Cassinave à Michel).

On ne les voyait guère, ces animaux, en ce début de nuit du 4 au 5 juillet, effrayés qu'ils étaient par de nombreux projecteurs et par les décibels qui se ruaient avec furie hors des quatre enceintes Eva Monarch 20, enceintes capables et même avides de soutenir des assauts de mille cinq cents watts et reliées à l'énorme amplificateur Quesar Magic Research A 8000, l'un des rares au monde assez puissants pour les secouer comme il convenait sans s'effondrer en limaille fumante après dix minutes de fonctionnement. Michel, qui ne connaissait rien à ce matériel professionnel, avait manifesté son intérêt quand il était arrivé avec Nadia. Gentiment, Mathieu lui avait présenté l'un de ses amis, Hervé, spécialiste de la sonorisation des espaces découverts, qui s'était occupé de la soirée « du point de vue audio-light », comme il le dit à Michel, et qui s'était fait un plaisir de lui donner toutes les explications. Pendant ce temps, Nadia bavardait avec les quelques personnes qu'elle connaissait, tout en résistant aux assauts d'une centaine de garçons qui s'étaient mis à grouiller autour d'elle après que Mathieu (vêtu d'un superbe costume blanc) eut annoncé dans un micro que la personne dont on célébrait l'anniversaire cette nuit était « la jeune fille blonde avec la robe presque blanche à vingt mètres à gauche du buffet quand on tournait le dos à la nébuleuse NGC 3372, dite "le Trou de Serrure" ».

Nadia et Michel se retrouvèrent plus tard et firent quelques pas dans le parc.

— Tu es inquiet, pour maman ? dit Nadia.

— Oui et non. Non, mais il faudra qu'on l'interroge régulièrement. Et qu'on la traîne de force chez un spécialiste, si ça recommence. Quand je l'ai vue se frictionner avec du vinaigre, j'ai pensé…

— Moi aussi, dit Nadia.

Ils se sourirent, puis s'arrêtèrent au même moment : ils avaient vu un lapin dans un fourré, de profil, oreilles dressées, dans un état d'aguets extrême, comique à force de concentration. Ils reprirent leur marche doucement, sans parler. Le lapin ne se sauva pas.

Michel alluma une cigarette.

— Tu refumes beaucoup, hein ? lui dit Nadia.

— Oui. Tu diras à ton ami Mathieu que sans la musique, ç'aurait été parfait.

Nadia rit. Une « musique d'ambiance » se faufilait jusqu'à eux, tenace et gluante. Ils regagnèrent la maison. Mathieu cherchait Nadia : on la demandait au téléphone. Pendant qu'elle téléphonait retentit le premier des morceaux pour danser, *His Latest Flame*, par Elvis Presley. Hervé, qui faisait office de « disc jockey », avait au moins doublé le volume. Nadia revint. Malgré le vacarme, elle expliqua à son frère que c'était Marc Lyon qui l'appelait des États-Unis. Il venait d'arriver à New York, il avait rendez-vous le lendemain à la Julliard School.

— À la Julliard School ?

— On va lui proposer un poste.

Michel fut impressionné, et alerté. Il imagina sa sœur mariée, vivant à l'autre bout du monde.

— Il va accepter ? dit-il.

— Non. Il n'aimerait pas quitter la France. Mais pour des stages, peut-être.

Après *His Latest Flame*, Elvis Presley chanta encore *Don't Be Cruel*, *In the Ghetto*, *Little Sister*, *It's Now or Never* et *Devil in Disguise*, puis Gene Vincent *Race with the Devil*, *Say Mama* et *I'm Going Home*, les Everly Brothers *Walk Right Back*, les Wild Angels *Too Much*, puis, au moment où Eddie Cochran attaquait *Somethin' Else*, un jeune homme, le seul de l'assemblée à porter une moustache, invita Nadia à danser du geste et du sourire. Elle accepta. Avant de le suivre, elle montra son poignet à Michel et lui dit :

— Qu'est-ce que je suis contente de ma montre !

Elle était charmante, incroyablement charmante. Comment réussissait-elle à l'être chaque jour da-

237

vantage que le jour précédent, telle était, songea Michel, l'une des questions qu'on pouvait se poser dans la vie.

Soudain fatigué, il s'assit près du buffet et but de l'eau minérale tout en regardant les impressionnantes colonnades de la maison, le ciel, d'une limpidité rare pour un ciel de ville, les quatre enceintes Eva Monarch 20, hautes, noires, sobres (auxquelles Michel finit par trouver un petit air gréco-romain), les danseurs.

Et il regardait Nadia, qui n'était pas passionnée de danse, mais qui avait en toutes choses une grâce innée, on ne pouvait penser autre chose en la voyant se mouvoir, fermer les yeux, sourire. D'autres garçons la sollicitèrent et elle dansa sur *Promised Land*, *Come On*, *You Can't Catch Me*, *You Never Can Tell*, et *School Days*, de Chuck Berry.

Si les conventions l'avaient permis, toutes les filles présentes auraient invité Michel à danser ou l'auraient arraché de force à sa chaise. Cédant à un regard suppliant, il finit par se lever et par danser, sur *Sweet Little Sixteen*, *Nadine* et *No Particular Place to Go*, du même Chuck Berry, avec une fille dont les traits fins et le sourire lui évoquèrent un peu ceux de Sylvie, l'amie de Morphée.

Après *No Love*, *High School Confidential* et *Out of Nowhere*, chantés par Jerry Lee Lewis, Nadia vint rejoindre Michel. Il eut soudain envie de lui parler d'Anna Nova, mais en fut découragé par le bruit. Elle lui adressa une mimique interrogative. Il fit un geste en direction des enceintes, et, à cet instant précis, comme suscitée par son geste, retentit la première note du premier slow de la fête, *Jungle Dream*, joué par Los Indios Tabajaras, deux guitaristes indiens qui avaient eu leur heure de gloire bien des années auparavant.

Michel les connaissait parce qu'ils avaient enregistré des arrangements de pièces classiques pour deux guitares. Il avait aussi acheté (par curiosité et par hasard, dans une braderie de grand magasin) un 45 tours sur lequel figuraient *Maria Elena* (leur grand succès), *Jungle Dream*, *Ternura* et *Pajaro campana*. Il avait beaucoup écouté *Jungle Dream* et l'avait beaucoup fait écouter à Nadia, qui était une enfant à l'époque.

Peut-être, sans la force de ce souvenir, Michel et Nadia n'auraient-ils pas fait ce qu'ils firent alors, s'approcher l'un de l'autre et peu à peu danser, et, dans le dernier quart de la pièce pour deux guitares (un peu mièvre, mais si jolie, et si bien jouée), Michel tint sa sœur serrée contre lui.

La fête battait son plein. On avait l'impression que tout le monde dansait dans la propriété brûlante malgré les arbres et la nuit.

C'est alors, au moment où s'achevait *Jungle Dream* et où Michel se séparait de Nadia, que Dominique Vannassique apparut en haut des marches du perron. Vêtu d'une chemise claire à fleurs et d'un pantalon blanc, les cheveux d'un blond comme transparent sous la lumière d'un projecteur, le regard fébrile, il ressemblait à une apparition. Frédérique était à ses côtés, grande et belle, et lui tenant le bras.

Nombreux furent ceux qui les remarquèrent, Mathieu Cassinave le premier. Au fond, il espérait que son ami se déciderait à venir, et il le guettait plus ou moins.

Et Dominique était venu (« On y va ! » avait-il dit à Frédérique dès après le départ de Noël Tisot), plein d'une mauvaise exaltation à l'idée de prendre des risques, de désobéir à son père, mais aussi goûtant peu à peu et malgré lui le plaisir de retrouver le monde. Hélas, ce plaisir ne pouvait durer, entamé, corrompu, détruit par l'abomination de l'irréparable qu'il avait commis, cet irréparable qui était en lui depuis toujours, mais que, tuant cette fille il ne savait ni comment ni pourquoi, il avait mis aussi en dehors de lui, comme pour être bien certain de ne pas s'en sortir, jamais – et, quand il était arrivé impasse Jacques Louis David, il avait eu l'impression que tout ce qu'il faisait ce soir, il le faisait pour la dernière fois.

Dans la voiture, avant d'entrer dans la maison des parents de Mathieu, il avait tout raconté à Frédérique. Elle n'avait pas été horrifiée. Elle ne l'aurait pas été davantage si elle avait appris dix fois pire. Elle n'avait rien dit et l'avait pris dans ses bras plus tendrement que jamais. Le Dominique d'avant elle n'existait pas.

– Le pauvre ! C'est de pire en pire, dit Nadia sur un ton de compassion.

– Qui est-ce ? Tu le connais ? dit Michel.

– Un peu. C'est un ami d'enfance de Mathieu. Je l'ai vu deux ou trois fois à ses soirées.

Mathieu s'était détaché du groupe et marchait vers les nouveaux arrivants.

– Mathieu l'aime beaucoup, dit Nadia. Leurs parents étaient voisins. Son père est quelqu'un d'important dans les engrais pour jardins.

– Tu sais son nom ? dit Michel, changeant légèrement de ton et de visage.

– Dominique.

– Dominique Vannassique ?

Nadia perçut la soudaine nervosité de son frère.

– Oui, dit-elle, étonnée. Comment tu le sais ?

– La police le recherche, dit Michel. J'ai vu son père ce matin.

– Je rêve ! dit Nadia de plus en plus stupéfaite. Pourquoi vous le recherchez ?

– Je t'en parlerai, mais c'est grave.

Mathieu et Dominique s'étaient retrouvés au bas des marches et se tenaient embrassés. Ils avaient la même taille, les cheveux du même blond.

– Rien à voir avec Mathieu, quand même ?

– Non, dit Michel, qui réfléchissait.

– Excuse-moi, je t'embête. Je n'ai jamais été certaine que tu étais vraiment inspecteur de police, mais ce soir, je suis bien obligée de l'admettre. Tu

241

vas l'arrêter ? ajouta-t-elle avec une trace d'incrédulité persistante.

— Peut-être, dit Michel. Et pardon de gâcher la soirée. Je vais essayer de faire les choses en douceur.

D'autres amis de Dominique s'approchaient de lui, Michel et Nadia se mêlèrent à eux.

— Comment tu vas t'y prendre ? dit Nadia.

— Si seulement je le savais, dit Michel.

Il ne quittait pas Dominique des yeux.

La foule, les anciens amis, la musique, la gaieté ambiante bouleversaient Dominique. Et aussi le contrecoup de ses aveux à Frédérique. Il serrait les dents pour ne pas pleurer. Il regrettait d'avoir quitté la rue Pipéroux. Il avait fait un mauvais calcul. C'était trop dur, trop douloureux, il se rendait trop compte qu'il était perdu, dans un autre monde, qu'il allait mourir bientôt, qu'il était déjà mort.

Michel et Nadia furent près de lui.

— Nadia. Mais vous vous connaissez, dit Mathieu à Dominique.

— Oui, dit Dominique.

— Michel, son frère.

Michel serra la main de Dominique et aussitôt s'approcha de lui, tout près, de manière à lui parler à l'oreille :

— Je suis bien le frère de Nadia, lui dit-il, mais je suis aussi inspecteur de police. Si vous êtes d'accord, j'aimerais vous parler seul cinq minutes.

Dominique regarda mieux Michel et fit oui de la tête. Il ressentit un soulagement immédiat, comme s'il devinait la suite.

– Venez, dit Michel.

Ils s'écartèrent.

Après quelques pas, Dominique se retourna, sûr de trouver le regard de Frédérique. Il leva la main et lui montra ses cinq doigts écartés : cinq minutes, tout en lui adressant un pauvre sourire dont Michel devait se souvenir longtemps.

Mathieu, qui connaissait le métier de Michel, se demandait ce qui se passait. Nadia vint près de lui et lui expliqua.

Michel et Dominique entrèrent dans la villa et s'installèrent dans un salon qui donnait sur l'impasse. Ils s'assirent dans deux petits fauteuils disposés face à face, comme si leur entretien avait été prévu. Ils allumèrent une cigarette.

Dominique tremblait et attendait.

Michel fut certain de sa culpabilité. Et il se dit qu'il n'avait jamais vu quelqu'un d'aussi désespéré. Dominique Vannassique semblait s'être condamné à mort lui-même et exécuter la sentence à chaque seconde, on le voyait dans son regard, dans chacune de ses expressions.

Michel mentit, pour gagner du temps.

– On vient d'arrêter les gens qui ont fait chanter votre père, dit-il à Dominique. Ils pensaient continuer de le rançonner. Pour ça, ils avaient d'autres moyens de pression en réserve. Accablants pour vous. (Il ajouta, à voix plus basse :) Je n'arrive pas à croire... je ne comprends pas comment vous avez pu tuer cette fille !

Dominique suait à grosses gouttes. Il ne baissa pas le regard.

– Moi non plus, je n'arrive pas à le croire. Je ne sais pas ce qui s'est passé, je n'étais plus moi-même...

Il versa quelques larmes. Michel éprouva une immense pitié, et aussi un peu de répulsion. Soudain, Dominique émit une espèce de rire sec, bref :

– Je suis en train d'imaginer que c'est mon père qui m'a dénoncé, dit-il. C'est drôle.

Puis il reprit sa mine ravagée. Michel lui dit :

– Je vous cherchais, mais je ne savais pas que vous seriez ici. Je suis venu pour l'anniversaire de ma sœur. J'ai vu votre père ce matin. Il ne savait pas où vous étiez.

– C'est vrai, dit Dominique. Il ne le savait pas. Son espèce de détective m'a retrouvé dans la soirée, chez Frédérique.

– Son détective ?

– Mon père a eu peur, après votre passage. Il m'a fait rechercher par un détective pour me dire de ne pas bouger.

– Et vous êtes sorti quand même ?

Dominique eut un geste d'indifférence.

– Je n'en peux plus. Je me serais fait arrêter un jour ou l'autre. J'ai souvent pensé aller moi-même à la police.

244

Ils allumèrent une autre cigarette. On entendait les échos de la fête, étouffés.

— Il ne vous a rien dit d'autre, ce détective ? Vous savez son nom ?

— Noël Tisot. Si, il voulait voir l'autre fille, Nathalie.

— Celle qui a les cheveux longs ?

— Oui.

Michel eut une idée effrayante. Avec un peu de malchance, il allait être obligé de réveiller encore Morphée.

— Pourquoi ? Il vous l'a dit ?

— Oui. Pour vérifier qu'elle n'était pas complice de ceux qui ont filmé. C'est une bêtise. Je le lui ai dit. Et aussi pour l'avertir qu'elle pourrait être embêtée par la police, pour lui expliquer ce qu'elle devait dire. Justement... ne l'embêtez pas. Je la connais bien. Elle n'a rien fait de mal, rien. Vous me croyez ?

— Oui, dit Michel. (Après un silence :) Je suis obligé de vous arrêter.

Dominique fit oui de la tête, et ils demeurèrent sans plus parler, en fumant.

43

– Bientôt la pleine lune, dit Morphée.

– Tant mieux, dit Michel, on verra venir le danger.

– S'il vient.

– Espérons qu'il viendra, dit Michel.

Il quitta le cours Émile Zola, s'engagea dans la rue du 4 Août, puis aussitôt dans la rue Pierre Voyant. Il conduisait trop vite. Tous deux se remirent à penser à l'arrestation de Dominique Vannassique, aux moments difficiles passés au commissariat, à la déchirante détresse de Frédérique.

– Laisse tomber les tortures morales, dit Morphée un peu plus tard, comme s'ils en étaient là d'une conversation muette. C'est son affaire à lui, les remords. Pense plutôt aux éventuelles conséquences heureuses de cette soirée d'enquête imprévue que tu conduis d'une main de fer, comme ton Alfa Romeo. Si tes abominables hypothèses se vérifient, on va peut-être sauver une vie humaine.

(Michel prit brutalement à droite la rue François Molé.) Mais que ces considérations morales, ajouta Morphée en se cramponnant à son siège, ne t'empêchent pas de ralentir un peu dans les virages à angle droit, sinon on va finir dans une façade.

– Ça y est, on arrive, dit Michel.

La maison où habitaient Nathalie Mañana et Livio Primera, son ami (et souteneur), se trouvait au 18 de la rue Pierre Voyant, juste en face de la rue du Ténor, mais, par précaution, Michel avait fait un détour. Au bout de la rue François Molé, il tourna à gauche dans la rue Louis, parallèle à la rue Pierre Voyant. Ils comptèrent les jardins qu'ils dépassaient sur leur gauche et repérèrent le 18.

Ils descendirent de voiture. Ils n'avaient vu personne, ni piéton ni voiture. Ces quartiers qui bordaient le boulevard Laurent Bonnevay étaient déserts vingt-quatre heures sur vingt-quatre.

– J'espère qu'on n'arrive pas trop tard, dit Michel.

– Sûrement pas, dit Morphée. On ne tue pas quelqu'un comme ça. Enfin, à part tes amis de Vaulx-en-Velin…

Ils pénétrèrent dans le jardin du 18 en enjambant un portillon de bois. La maison n'avait pas d'étage. Nathalie Mañana et Livio Primera regardaient la télévision dans une grande pièce dont la porte-fenêtre était ouverte sur le jardin. Livio Primera, l'œil et le cheveu noirs, était vêtu d'un pantalon blanc et d'un tee-shirt rouge, Nathalie d'un simple maillot de bain, mais ses cheveux blonds étaient si longs et si épais qu'ils lui faisaient comme un habit. Lui avait une trentaine d'années, elle une quinzaine. Ils buvaient du vin rosé. La maison, semblable de l'extérieur aux autres maisons du quartier, modestes et cafardeuses, était presque lumineuse à l'intérieur.

Nathalie prit un air terrorisé dès qu'elle aperçut Michel et Morphée. Son compagnon se leva d'un bond. Michel fit un geste d'apaisement, sortit sa carte et dit qu'il était inspecteur de police.

— On peut entrer ? dit Morphée.

Ce disant, il franchit la porte-fenêtre, suivi de Michel.

— Vous n'avez pas le droit, dit Livio Primera.

— Chut ! lui fit Morphée.

— Vous êtes Nathalie Mañana ? demanda Michel à Nathalie.

Elle dit oui et se leva avec difficulté. Michel crut qu'elle allait s'évanouir. Il vit la petite cicatrice en croix, trace d'une blessure d'enfance, qu'elle avait au-dessus du sourcil droit (et dont lui avait parlé Dominique Vannassique au cours de son interrogatoire).

— Restez assise, lui dit-il. N'ayez pas peur.

— Asseyons-nous, dit Morphée d'un ton détendu en s'asseyant sur une chaise, et en invitant du geste Livio Primera à en faire autant.

— Qu'est-ce que vous lui voulez ? dit Primera à Michel.

– Chut ! fit à nouveau Morphée. Asseyons-nous.

Primera le regarda de son œil noir et sournois, puis il arrêta la télévision et resta debout à côté du poste. Morphée domina son énervement. Nathalie était jeune, mignonne, elle avait encore des expressions d'enfant. Qu'elle fût entre les griffes de Primera désolait et dégoûtait Morphée.

Michel regarda autour de lui

– On dirait que les affaires marchent bien, dit-il sèchement à Livio Primera. À part la petite, tu as d'autres employées ?

Primera regardait devant lui d'un air buté.

– D'accord, dit Michel. On s'occupera de ça plus tard, tu peux y compter. (Il se tourna vers Nathalie :) On a arrêté Dominique Vannassique ce soir.

Une lueur de panique apparut dans les grands yeux clairs de la jeune fille.

– Ne dis rien, ne réponds pas ! dit Livio Primera d'une voix trop forte, agaçante.

Morphée se leva et s'approcha de lui, presque visage contre visage.

– Depuis qu'on est arrivés, je me tue à te répéter deux choses : ta gueule et assieds-toi. Je ne le répéterai pas une fois de plus.

L'affrontement des regards dura une seconde. Livio céda, il s'éloigna de Morphée et s'assit, le visage fermé.

Michel désigna Livio du menton et dit à Nathalie :

— Il est au courant de cette histoire ?

— Oui, dit-elle. Ça m'étouffait. Je lui ai tout raconté.

— Tu l'as rencontré avant ou après ? dit Michel.

Livio voulut parler, mais Morphée lui fit de terribles gros yeux.

— Après, dit Nathalie en essuyant une larme qui lui chatouillait le coin des lèvres.

— Tu aurais mieux fait de te couper les deux jambes, lui dit Morphée.

— Dominique nous a tout raconté, dit Michel à Nathalie. Il nous a même expliqué comment son père a fait disparaître le corps. Nous savons tout. Mais ne t'inquiète pas, il t'a complètement innocentée.

Elle mit la tête dans ses mains, sur le point de pleurer, releva la tête.

— Je ne sais pas ce qui lui a pris, dit-elle. Lui non plus. Au début, il m'avait juste demandé si j'avais une amie qui voudrait bien…

Elle ne résista plus et se mit à pleurnicher.

— Pourquoi il portait un masque ?

— Parce qu'il avait honte.

— On est venus te protéger, dit Michel. Quelqu'un va peut-être essayer de te tuer, et peut-être cette nuit. (Nathalie étouffa un cri.) Mais n'aie pas peur, il ne t'arrivera rien.

– Mais pourquoi ? Qui ? parvint-elle à dire malgré ses sanglots de plus en plus violents.

– N'aie pas peur, tu ne crains rien. Je vais t'expliquer. Et après, tous les deux, vous allez faire exactement ce qu'on va vous dire de faire.

44

Après avoir laissé Dominique et Frédérique, Noël Tisot était allé voir Donatien Vannassique à Feyzin, et Vannassique, bien qu'il fût tourmenté par quelques ultimes scrupules, avait fini par lui donner l'ordre redoutable dont Michel avait prévu la possibilité.

« Quand ? avait demandé Tisot. – Le plus tôt sera le mieux », avait répondu Vannassique.

À deux heures du matin, Noël Tisot gara sa grosse BMW noire au tout début de la rue du Ténor et marcha d'un pas tranquille en direction de la maisonnette du 18 de la rue Pierre Voyant. Il ne savait pas s'il allait trouver quelqu'un, il ne savait pas s'il agirait cette nuit, il n'avait pas de plan particulier. Il faisait confiance à sa chance. Or la chance, du moins le crut-il d'abord, avait décidé de lui sourire : tout lui parut réglé comme une horloge. (Et en effet, tout avait été réglé comme une horloge par Michel et Morphée.)

Une pièce s'éclaira au 18. La fenêtre de cette

pièce était ouverte. Noël Tisot reconnut de loin les longs cheveux clairs de Nathalie Mañana. Il sortit aussitôt de petites jumelles de sa poche. Il vit la jeune fille comme s'il était à cinquante centimètres d'elle. C'était bien Nathalie Mañana. Il distinguait même la petite cicatrice au-dessus de l'œil droit.

Était-elle seule ? En tout cas, seule dans la chambre, dont elle referma la porte. Vêtue d'un peignoir, comme si elle venait de prendre un bain. Ôtant ce peignoir et passant vite une petite chemise de nuit. Deux heures du matin, il était l'heure de dormir.

Peut-être quelqu'un allait-il la rejoindre ? Mais peut-être pas. Pour le moment, elle était seule. Noël Tisot allait-il avoir la possibilité de remplir sur-le-champ son contrat, vite et bien, à moindre risque ? Il se prit à l'espérer. Ensuite il rentrait chez lui, et le lendemain il touchait la grosse somme, la très grosse somme. Il l'espéra encore plus dans les secondes qui suivirent, au cours desquelles le destin sembla s'appliquer à lui faciliter la tâche.

Il ne vit plus Nathalie (comme si elle s'était couchée), puis sa tête seule apparut (comme si elle s'était assise dans le lit), puis il vit un morceau de drap, puis d'un coup de nouveau plus rien (comme si elle s'était allongée cette fois pour de bon) − puis, un instant plus tard, la lumière s'éteignit. Il remit les jumelles dans sa poche et se dirigea résolument vers le 18. En quelques enjambées il fut près de la fenêtre. Il regarda autour de lui : personne, quartier désert, comme d'habitude, encore plus que d'habitude la nuit à deux heures du matin.

Nathalie Mañana avait éteint et s'apprêtait à dormir, la fenêtre ouverte sur le peu de fraîcheur de la nuit, voilà ce que Noël Tisot avait vu sans doute possible.

Une aubaine pour un tueur à gages. Pour le tueur à gages qu'il était en train de devenir, car il n'avait encore jamais tué personne.

Allait-elle s'endormir tout de suite ? Peut-être, à son âge.

Endormie ou non, c'était le moment d'agir. Il s'approcha de la fenêtre. Il sortit de la poche intérieure gauche de sa veste un petit Miracle Response One à silencieux, un Miracle d'un tout nouveau modèle dont les détonations ne faisaient pas plus de bruit qu'un robinet qui goutte. Doucement, il avança la tête, jeta un coup d'œil dans la chambre. Il distingua le lit, les draps blancs, le corps sous le drap, les longs cheveux clairs. Alors il tendit le bras et vida les sept balles de son chargeur, quatre à l'emplacement de la tête et les trois autres dans le torse.

Puis il regagna sa voiture à grands pas souples.

Il se mit au volant. Curieusement, il ne faisait pas vraiment de rapport entre son geste et la mort d'une personne, la mort de Nathalie Mañana. Il n'avait pas l'impression d'avoir tué quelqu'un, mais l'impression d'avoir fait quelque chose qu'il devait faire, qu'il était bon pour lui d'avoir fait. Aussi éprouvait-il du soulagement, et même de l'apaisement.

Et de la vanité. Mission parfaitement accomplie dans les plus brefs délais. Il s'imagina chez lui, place des Maisons Neuves, téléphonant à Donatien Vannassique, qui ne manquerait pas d'être admiratif et de le féliciter. Puis il s'absorberait dans un livre et lirait toute la nuit, comme d'habitude.

Mais il ne rentra pas chez lui. Au moment où il allait démarrer, il sentit un contact dur sur sa nuque, et une voix à l'arrière de la voiture lui dit :

– Les mains sur le volant. Inspecteur Michel Rey, Brigade criminelle. Je vous arrête pour l'assassinat de Nathalie Mañana.

Michel prononça avec conviction les mots d'usage. Une fois de plus, il tenait bien son rôle. Quant à Noël Tisot, il n'avait qu'une ressource s'il voulait encore étonner quelqu'un cette nuit, c'était de manifester calme et indifférence. Cela ne lui fut pas trop difficile, car il avait au fond de lui une grande indifférence à toute chose.

Il posa lentement ses deux mains sur le volant.

Son calme, en effet, fit l'admiration de Michel, qui voyait dans le rétroviseur son visage impassible et son regard fixe, inexpressif.

Il y avait pourtant de quoi être surpris. Noël Tisot était tombé dans un piège invisible et insoupçonnable. À peine était-il descendu de voiture, une quinzaine de minutes auparavant, que Morphée, averti seconde par seconde du moindre de ses mouvements, avait pu monter la petite mise en scène de la chambre.

Réussite totale.

Michel appela Morphée.

– Morphée ? Je l'ai, tout va bien. Occupe-toi des deux autres et dis à Mazars de dire à Mortier qu'il peut boucler les engrais chimiques cette nuit même. Et on se retrouve rue Sully.

45

Sous les néons de la grande salle du bas, rue Sully, la laideur de Noël Tisot mettait mal à l'aise. Son front blanc et lisse, ses joues de momie, la petitesse ridicule de la bouche sous le gros nez fascinaient Morphée. Tout en fouillant le portefeuille du détective, il ne pouvait s'empêcher de dénombrer les multiples dissymétries qui déformaient, agitaient, secouaient semblait-il son corps et son visage.

— Est-ce que c'est vous qui avez assassiné Donato Gellemi et Marie Livia-Marcos ? demanda soudain Michel.

— Non. Évidemment non, répondit Noël Tisot de sa voix agréable, et presque sur le ton de la conversation. Je pense que vous le savez. Et que vous prêchez le faux pour savoir le vrai.

— Vous avez l'air de sous-entendre que de tels procédés sont trop grossiers pour vous ? dit Michel sans ironie.

— Oui, dit Noël Tisot.

Michel continuait d'être étonné par Noël Tisot. Il le soupçonnait d'être un fou total.

— Ne faites pas trop le malin, dit Morphée. Sinon, on pourrait employer des procédés encore moins en rapport avec vos hautes facultés intellectuelles. Vous êtes vraiment détective ?

— Oui.

— Un détective tueur à gages ?

— Oui.

Noël Tisot regarda Michel. Il décida de se libérer d'un peu de vanité, parfois la vanité l'étouffait :

— En revanche, j'ai réussi à les filer assez longtemps. Ceux qui ont tué les gens dont vous parlez.

— Bravo, dit Michel, toujours sans ironie. Vous pourriez les décrire ?

Noël Tisot les décrivit.

— Je peux même vous dire où logeait le grand aux cheveux longs : à l'Hôtel de Samarcande et des Bains, rue Sébastien Gryphe.

— C'est vous qui avez forcé la porte de Marie Livia-Marcos ?

— Oui.

Les assassins de Marie avaient forcé la porte-fenêtre donnant sur les toits, Noël Tisot la porte d'entrée. Petit mystère éclairci, petite satisfaction de Michel.

— Elle était déjà morte quand je suis entré. Quelle horreur ! dit-il à ce souvenir.

Il prononça ces mots avec tant de sincérité qu'il

rendit perplexes une fois de plus Michel et Morphée.

— Pourquoi vous les filiez ? dit Michel.

— Pour remonter jusqu'à leur chef. M. Vannassique voulait traiter avec le chef, parce qu'il avait déjà payé et que le chantage continuait.

« Donato Gellemi », pensa Michel. Gellemi faisait partie des maîtres chanteurs et avait voulu agir seul. Et il avait ainsi déclenché la suite des événements.

— Son obsession était surtout de mettre son fils à l'abri de tout danger, continua le détective. Après votre visite, il s'est affolé et il a décidé d'éliminer le témoin direct.

Morphée venait de lire sur la carte d'identité de Noël Tisot : « Signes particuliers, néant. » Il n'en crut pas ses yeux. Il s'approcha de Michel, lui montra l'inscription et marmonna :

— Notre ami a sûrement des relations haut placées…

Michel demeura impassible et demanda à Noël Tisot (tandis que Morphée regagnait sa place avec un ricanement étouffé mais audible) :

— Et vous êtes remonté jusqu'au chef ?

— J'ai l'impression que votre collègue se moque de moi.

— Pas du tout, dit Michel, c'est un détail administratif qui l'a amusé. Si vous aviez la gentillesse de répondre à ma question : êtes-vous remonté jusqu'au chef ?

259

— Je dois avouer que non, dit Noël Tisot. Mais c'est une tâche qui dépasse les moyens d'un seul homme.

— Pourquoi ?

— Parce qu'ils sont trop forts, trop bien organisés. Parce que le chef, si chef unique il y a, est peut-être loin, peut-être à l'étranger. Je sais qu'ils sont en rapport téléphonique avec l'étranger. (Noël Tisot sentait que Michel l'écoutait avec attention. Il insista :) Parce que nous n'avons pas affaire à quelques malfaiteurs locaux, mais à une organisation de grande envergure, sans doute internationale.

Il était assez content de lui. Pour l'instant, il ne pensait pas aux conséquences de son acte. Il vivait l'instant présent, le savourait presque, en compagnie de deux inspecteurs qu'il considérait comme des interlocuteurs valables.

— Vous en êtes sûr ? Vous avez des preuves ?

— Je n'ai pas de preuves, mais j'en suis sûr. Mon enquête a duré un certain temps, et mon intuition va dans le sens de mes observations. Mon intuition ne me trompe jamais.

— Sauf cette nuit, dit Morphée.

Noël Tisot eut un air mortifié d'enfant pris en faute.

— Vous ne pouvez rien nous dire de plus sur ces malfaiteurs ? dit Michel.

— Non, hélas !

— C'est dommage, dit Morphée, ça ferait bon

effet dans votre dossier. Vilain dossier ! Entre nous, vous avez tué beaucoup de gens, comme ça ?

– Non. C'est la première fois.

Michel était presque sûr qu'il disait la vérité. Morphée aussi, mais il lui dit :

– Vraiment ? L'engraisseur chimique n'est pas tombé de la dernière pluie, il n'aurait pas embauché un novice ?

– Je lui ai menti. Il me faisait tellement confiance ! J'ai voulu conserver cette confiance. Je lui ai laissé entendre des choses qui ne sont pas.

« Un vrai fou », pensa encore Michel.

– On va tout reprendre depuis le début, lui dit-il.

Noël Tisot raconta tout en détail, sans souci de se ménager, avec une certaine complaisance, en prenant si souvent de si longs détours – il évoqua son enfance, sa laideur, sa solitude, son goût pour la lecture (il lisait sans arrêt), sa passion pour son métier de détective, et la perversion progressive de cette passion, la tentation du mal – que ses aveux prirent l'allure d'une confession autobiographique.

Il semblait se bercer du son de sa propre voix.

Quand il eut terminé, Michel lui révéla qu'ils lui avaient menti :

– Mauvaise nuit pour vous, je ne vous le cache pas, dit-il. Mais moins mauvaise que vous ne pensez. Vous n'avez pas tué la petite Mañana. Vous avez tiré dans un édredon.

Noël Tisot, désemparé, regarda Michel, puis Morphée. Il comprenait, mais il ne savait plus où il en était, et il ne savait pas quoi dire. Il dit seulement :

— Mais ses cheveux... ?

— C'étaient bien ses cheveux, dit Morphée. Figurez-vous qu'elle a accepté de se laisser tondre. C'était une conspiration. Tout le monde s'y est mis pour que vous n'alliez pas trop loin dans la voie du mal.

Le détective demeura immobile, le regard soudain vide, comme si son esprit et son âme s'étaient repliés dans un coin de sa tête. Puis des larmes se formèrent au coin de ses vilains yeux. Michel et Morphée auraient été incapables de dire à coup sûr pourquoi il pleurait.

46

L'aube ne tarderait plus.

Pas de place rue Pierre Blanc.

Michel se gara rue Flesselles, juste après l'angle.

Il s'engageait à pied dans la rue Pierre Blanc lorsqu'il vit de loin le coupable, celui qui, armé d'une bombe de peinture blanche, traçait des horreurs sur la devanture de Marie Plante. C'était un gamin blond que Michel crut reconnaître. Il alla chercher ses jumelles dans la voiture et vérifia : oui, c'était bien Éric, un enfant d'une douzaine d'années qui habitait tout près, le premier immeuble à gauche dans la montée des Carmélites. De tous les enfants du quartier avec qui il lui arrivait parfois de parler, Éric était le préféré de Michel. Il le trouvait intelligent, il aimait sa réserve et son air innocent. C'était donc lui, en fait de réserve et d'air innocent, qui souillait la vitrine de l'épicerie d'inscriptions de casernes, de prisons et de toilettes publiques. Incroyable. Incroyable aussi, l'ingéniosité dont il devait sûrement faire preuve pour sortir de chez ses parents en pleine nuit et pour y revenir sans être surpris. Étonnante enfin, son obstination à mener à bien plus d'une fois ce projet compliqué et dangereux.

Michel n'intervint pas. Il laissa Éric tracer les dernières lettres et regagner son immeuble, puis il monta chez lui après avoir jeté un coup d'œil à la nouvelle inscription, laquelle faisait allusion au commerce que Marie Plante aurait entretenu avec certains animaux peu nobles de la ferme.

Saint-Thomas, fait exceptionnel, ne vint pas le saluer. Il modifia à peine sa position de sommeil quand Michel entra et se rendormit aussitôt. « Pourvu qu'il ne soit pas malade », pensa Michel, qui se baissa et lui agaça les oreilles. Mais le chat ouvrit des yeux de chat pas malade le moins du monde. Il était dans un gros sommeil, c'était tout. Michel lui parla et le caressa doucement. Il avait l'impression de ne pas l'avoir vu depuis des jours.

Il trouva un message de Claire Chameau. Elle était au courant, lui disait-elle, des difficultés et des dangers de son enquête, et voulait l'assurer qu'elle était de tout cœur avec lui. Elle espérait le revoir bientôt.

Il hésita à appeler Paul Mazars. Finalement, il se décida.

— Je téléphone beaucoup aux gens en pleine nuit, ces temps-ci, lui dit Michel un peu plus tard, excusez-moi.

— Tu as bien fait, mon grand. Je vous félicite,

Morphée et toi. C'est du beau travail. Il faut que tu dormes, maintenant. Martine et moi, on te veut en forme ce soir pour le dîner.

Michel raccrocha. Oui, du beau travail. Du point de vue de l'enquête originelle, ils n'étaient guère plus avancés, mais ils avaient sauvé la petite Mañana.

Puis il appela sa chère sœur et Anna Nova, qui lui avaient fait promettre toutes les deux de téléphoner à son retour quelle que soit l'heure.

Il adorait la voix qu'avait Nadia quand il la réveillait en pleine nuit.

Il tint Anna au courant des derniers événements. Non, il n'avait couru aucun risque... David, lui dit-elle, passait l'après-midi chez un copain de classe qui habitait Fourvière. Elle se réjouissait qu'il eût accepté cette distraction, c'était bon signe. Et puis, ils pourraient se revoir plus facilement. Tous deux en mouraient d'envie.

Malgré l'épuisement, Michel n'avait pas sommeil. Il mit en marche son tuner Grundig, le légendaire T-9000 de la série *Fine Arts*. Il adorait écouter de la musique à la radio. Il aimait la surprise des programmes, les découvertes, le renouvellement infini, l'impression de corne d'abondance musicale, sans parler de la magie propre aux ondes sonores, ni de l'espoir que nourrit tout amateur de radio d'entendre un jour une musique venue d'un autre monde, sinon la voix de Dieu lui-même s'adressant à lui personnellement.

Quant aux qualités du T-9000, elles étaient éminentes : chaleur des timbres (digne d'un appareil à lampes), respect des écarts dynamiques, présence des voix, sensation d'espace réel, c'était étonnant, et on se demandait pourquoi il n'en existait que quelques centaines d'exemplaires dans le monde, pourquoi on en avait interrompu si vite la fabrication. On n'en trouvait plus que d'occasion, c'est-à-dire qu'on n'en trouvait pas, les heureux détenteurs préférant renoncer à leurs dents de devant qu'à leur T-9000. Michel avait acheté le sien à un homme étrange qui travaillait aux Hospices civils de Lyon et qui s'appelait Alain Bonheur. Cet Alain Bonheur avait hésité un an avant de vendre son appareil, puis il s'était décidé (pour des raisons qui échapperaient toujours à Michel), puis il avait regretté, et ensuite il s'était mis à passer des annonces chaque mois dans toutes les revues de hi-fi, implorant qu'on voulût bien lui vendre un tuner Grundig T-9000.

Michel fuma trois cigarettes, le temps d'écouter l'andantino de l'*Octuor* de Niels Gade, puis il alla contempler de sa fenêtre la fin de la nuit d'été, les premiers rayons de l'aube.

Avant de se coucher, il joua sur sa belle guitare – quel plaisir à chaque fois renouvelé de jouer sur un instrument qu'il avait fabriqué lui-même ! – un arrangement de la célèbre chanson *La foule*, elle-même adaptée d'une ancienne valse péruvienne, *Que nadie sepa mi sufrir*, « que nul ne sache ma souffrance ». Comme souvent dans les périodes où il jouait peu, Michel eut l'impression, au moins pendant quelques minutes, de jouer mieux que d'habitude. Ce phénomène était d'ailleurs connu, et ce n'était pas qu'une impression, on jouait effectivement mieux pendant ces minutes-là. Michel en avait parlé un jour avec Gérard Roy, ils avaient tenté ensemble d'en déterminer les causes.

47

Michel se réveilla à une heure de l'après-midi. Saint-Thomas était dans la chambre, immobile, tout frémissant d'énergie et de souplesse, et de l'envie de bondir sur le lit. Chose interdite, il le savait, mais il dut sentir qu'on était un de ces jours où Michel accordait tout, car il insista, avançant la tête et exorbitant l'œil. Michel sourit et tapota le drap. D'un dixième de seconde à l'autre, le chat fut sur Michel, affectueux et ronronnant, puis bientôt miaulant de ce miaulement particulier qui exigeait la pâtée.

Quand Michel fut prêt, il téléphona à Claire. Il la remercia pour son message et ils parlèrent de l'affaire Vannassique. Puis il fit le numéro d'Anna.

Il se gara un peu éberlué dans l'allée de ceinture du parc de la Tête d'Or. À peine Anna eut-elle ouvert la porte qu'ils s'embrassèrent, avides de se retrouver, et frémissants du plaisir proche. Ils allèrent aussitôt dans sa chambre. Elle caressa son épaule droite.

– Vous avez toujours mal ?

– Un peu, mais c'est supportable.

– Et le front ?

– Plus mal. Plus de sparadrap.

– Vous avez raison. Une petite cicatrice vous va encore mieux…

Il ne savait rien du passé d'Anna Nova, mais il n'imaginait pas qu'elle ait pu aimer auparavant comme il se sentait aimé par elle. C'était peut-être le cas, mais il ne pouvait l'imaginer. Le fait qu'ils se connaissent depuis si peu de temps rendait la chose exaltante, troublante, un peu effrayante aussi.

Il se sentit heureux pendant l'après-midi qu'ils passèrent ensemble, même si l'angoisse des derniers jours ne l'abandonnait pas complètement. Le désir de venger la mort de Marie Livia-Marcos était encore plus fort et plus douloureux quand il se trouvait en présence d'Anna, comme si les meurtriers s'en étaient pris à elle aussi, et peut-être aussi à Nadia, et à Mariquita.

Il avait promis à David.

De retour rue Pierre Blanc, il croisa Cachard et Ruflet qui marchaient bras dessus, bras dessous, en grande discussion amicale. Sans qu'elles n'eussent jamais été brouillées, une harmonie parfaite ne régnait pas toujours entre les deux femmes, il y avait des tensions, des agaceries, des piques, des bouderies, et il parut évident à Michel que l'histoire des rats avait amélioré la qualité de leurs rapports. Faire face à un danger commun, même si elles savaient maintenant que ce danger était imaginaire – mais en étaient-elles tout à fait persuadées ? –, les avait rapprochées.

Des enfants jouaient dans la rue. Éric n'était pas parmi eux.

Un terrible message de Paul attendait Michel chez lui : Régis Mille s'était pendu dans sa cellule la nuit précédente. Mais le plus terrible, ce n'était pas cela. Le plus terrible concernait Robert Rodrigue. Le jeune homme, qui rendait des visites régulières à Régis Mille, avait appris la nouvelle le matin, à la prison. Il était rentré dans son studio de la rue de Sèze, au cinquième étage, et s'était jeté par le balcon. Il était mort sur le coup.

Michel appela aussitôt Morphée, qui était au courant, puis Nadia. Sa sœur n'était pas chez elle. Il en fut presque soulagé. Pourtant, il aurait aimé lui annoncer lui-même la disparition de Robert. Il savait quel moment difficile ce serait pour elle.

Peu après il se rendit à son dîner chez Paul et Martine Mazars. Depuis quelques mois, les Mazars habitaient cours de la République, à Villeurbanne, au dix-huitième étage. Le quartier ne payait pas de mine, mais au dix-huitième tout changeait, on découvrait un autre monde, on était surpris par l'immensité sans limites de la vue. Martine était ravie de la présence de Michel. Hélas, soucieuse, épuisée par la chaleur, elle ne dit plus grand-chose à partir de dix heures du soir. Et la conversation des hommes n'était guère faite pour la distraire : Paul et Michel, qui buvaient un peu trop de vin de Bordeaux, parlèrent forcément des deux suicides et des deux arrestations. De la folie des gens. De l'idée de Noël Tisot d'une organisation de grande envergure, et de cette enquête capricieuse ou maligne qui semblait les appâter avec des pistes qu'elle fermait aussitôt.

— Espérons, dit Paul pour finir. La routine, les contrôles d'identité, la chance, une erreur de l'ennemi… Espérons.

Michel s'apprêta à partir.

— Qu'est-ce que Lyon est beau, vu de chez vous ! dit-il. Presque autant que de chez moi.

— Une seule certitude dans la vie, mon grand : Lyon est beau vu de partout, dit Paul en lui servant un dernier verre.

Rue Pierre Blanc, Michel écouta un message de Nadia qui, d'une voix altérée, lui disait qu'elle avait été avertie du suicide de Robert par Alain Rodrigue, son père. Il la rappela. Ils parlèrent vingt minutes et convinrent de se voir au Bouche-Trou le lendemain au déjeuner.

Puis il appela Anna Nova.

Avant de se coucher, il écouta l'air d'alto de la cantate BWV 85, de Bach, merveille des merveilles chantée d'une manière qu'on ne pouvait imaginer plus bouleversante par Gabriele Schreckenbach.

271

Le lendemain matin, à huit heures, il fut tiré du sommeil par un coup de fil de David Forest. David était affolé, Marie n'allait pas bien du tout.

– Depuis cette nuit, elle ne parle plus, dit-il à Michel. Je crois qu'elle m'entend, tout le reste est normal, elle a pris un café tout à l'heure, mais elle ne parle pas, elle ne me répond plus, impossible de lui faire dire un mot. Ça m'embête de te déranger, mais je suis perdu, je ne sais pas quoi faire, et je me suis dit que toi, tu saurais peut-être…

– Tu as bien fait, dit Michel. Je peux passer, si tu veux ? Comme ça, on verra ensemble.

– D'accord, dit David sans hésiter.

Dix minutes plus tard, Michel était rue Duviard et trouva Marie telle que David l'avait décrite. Elle reconnut Michel et lui sourit, mais ne répondit pas à ses questions, comme si elle n'entendait pas.

– Peut-être qu'elle est très déprimée, dit Michel à David. Parfois, les gens ne parlent plus. Je connais un médecin qui s'est occupé de ma mère adoptive, il y a quelques années. Elle ne voulait plus parler non plus. Il l'a soignée.

Une redoutable dépression nerveuse s'était en effet abattue sur Mariquita quelques années auparavant, dans les jours qui avaient suivi une date anniversaire de la mort de Gregorio. Mais Michel estimait d'instinct que ce dont souffrait la pauvre Marie était d'une nature autrement plus inquiétante.

Le docteur Multi, qui dirigeait la clinique Notre-Dame, place Jules Grandclément à Villeurbanne, put les recevoir en urgence. C'était un homme très âgé, encore foncé de cheveux, aimable et bavard – et c'était un mélomane, que Michel rencontrait parfois au concert. Il lui envoyait chaque année une carte de vœux à laquelle le docteur Multi répondait toujours.

Il examina rapidement Marie. Michel vit qu'il était inquiet, malgré son masque professionnel. Il proposa à David de garder Marie quelques heures, voire la journée, pour des tests plus approfondis. David demanda s'il pouvait rester aussi : oui, bien sûr, dit le médecin. Il pourrait déjeuner, regarder la télévision, tout était prévu pour les familles des malades qui venaient de loin.

Michel dut prendre congé.

– Tiens-moi bien au courant et ne t'en fais pas trop, dit Michel à David. C'est peut-être une chance pour Marie, cette histoire, parce que le docteur Multi va aussi s'occuper de son problème d'alcool, tu comprends ? Peut-être que dans quelque temps on se dira : heureusement qu'elle a eu ce mauvais moment de dépression, parce que maintenant, elle est guérie de tout.

– Je n'ai jamais vu un type comme toi, lui redit David. Je ne savais même pas que ça pouvait exister. (Puis son visage laid s'assombrit :) Si tu savais ce que j'ai peur !

– Il ne faut pas, dit Michel. Tu verras, c'est un

médecin formidable. (Il ajouta, après quelques secondes :) Moi aussi, j'ai peur. (Devant l'air alarmé
de David :) Non, pas pour Marie, pour d'autres
choses. C'était juste pour te dire que moi aussi,
j'avais peur.

Il revint chez lui épuisé. Il but un bol de café,
dormit une heure et se leva en meilleur état. Puis
il passa un bon moment dans la salle de bains.
Le chat lui rendit trois visites, ce qui était inhabi-
tuel, il fréquentait peu la salle de bains. Peut-être
était-il perturbé par l'attitude également inhabituelle de son maître, horaires plus étranges que
jamais, allées et venues incohérentes, humeur
versatile.

À midi et quart, après avoir échangé quelques
tendresses téléphoniques avec Anna, Michel sortit
pour aller place du Change. Il s'était vêtu d'un
costume blanc qu'il mettait rarement et dont ni lui
ni Nadia n'avaient jamais vraiment pu déterminer
s'il était chic ou de mauvais goût. Plutôt chic, certes, mais un doute subsistait. Dans la rue, il vit
Éric qui jouait au ballon. Il l'appela. Le gamin ac-
courut, s'arrêta net devant Michel, leva vers lui
ses beaux yeux innocents.

— Je voulais te dire quelque chose, mon trésor.
Quelque chose de pas grave. N'aie pas peur,
hein ? Personne ne t'en voudra. Il ne t'arrivera
rien, d'accord ?

Éric émit un oui chétif. Il avait aussitôt deviné
de quoi il s'agissait.

– L'autre nuit, je suis rentré tard, je t'ai vu faire une petite bêtise. Voilà, c'est tout.

Le visage d'Éric se décomposa. Michel eut pitié. Il le serra aussitôt contre lui en lui ébouriffant les cheveux.

– Je t'ai dit que ce n'était pas grave ! Écoute-moi encore une minute et je te laisse. On fait tous des bêtises. On a le droit. C'est rigolo. La seule chose, la seule, c'est que Marie Plante… il n'y a pas plus gentil qu'elle, tu comprends ? Est-ce qu'elle t'a fait quelque chose ? Est-ce que c'est pour te venger de quelque chose ?

– Non, dit Éric en secouant la tête.

– C'était juste comme ça, pour faire une farce ?

– Oui, murmura Éric.

– Bon, écoute. Moi, je ne te dénoncerai pas. Tu peux compter sur moi. Mais à ta place, j'arrêterais de l'embêter et j'irais m'excuser.

– Je ne le ferai plus, dit Éric.

– J'irais m'excuser et je lui dirais : « Excusez-moi, je trouvais ça drôle, mais finalement, ce n'est pas drôle, je regrette de vous avoir embêtée. »

– Qu'est-ce qu'elle va dire ?

– Rien. Comme moi. Que ce n'est pas grave et qu'on n'y pense plus.

– J'ai quand même un peu peur, dit Éric.

– Et si je t'accompagne ? Si je vais avec toi ? Éric hésitait.

– Allez, on y va tout de suite, dit Michel en lui posant doucement la main sur l'épaule, prêt à renoncer s'il sentait une résistance.

Mais Éric se laissa faire. Ils entrèrent chez Marie Plante, qui avait une nouvelle couleur de cheveux. Michel lui adressa deux ou trois mimiques en tordant les yeux du côté d'Éric. Elle comprit tout de suite.

– Bonjour, Marie. Éric voulait vous dire quelque chose, il a préféré que je vienne avec lui.

Éric fit un geste vague en direction de la devanture, regarda Marie Plante d'un air penaud, et répéta la phrase d'excuse que lui avait soufflée Michel. Comme Michel l'avait prévu, Marie Plante fut à la hauteur de la situation : non seulement elle ne manifesta ni réprobation ni étonnement, mais encore elle répondit aussitôt qu'elle en avait fait bien d'autres à l'âge d'Éric, que ce n'était pas grave et qu'il ne fallait plus y penser. (À ces mots, Michel donna une petite tape discrète sur l'épaule d'Éric.) Dimanche, ajouta-t-elle, elle nettoierait sa devanture avant de la repeindre : si certains voulaient l'aider, ils seraient les bienvenus...

L'affaire se régla ainsi. Mais Michel resta troublé du contraste entre l'air angélique d'Éric et la bonne petite dose de malice que ses forfaits répétés avaient exigée.

Il arriva au Bouche-Trou en même temps que Nadia, à la seconde près. Elle n'avait pas dormi de la nuit. Elle était obsédée par la mort de Robert Rodrigue. Mariquita vint partager une entrée avec eux, une salade méridionale qui ne faisait partie que récemment de la carte. Elle avait appris les deux suicides par les journaux du matin, et il en fut question à la télévision au bulletin d'informations régionales. Pour eux tous, l'affaire Régis Mille évoquait de mauvais souvenirs.

Ils attaquèrent la salade sans conviction. Elle était pourtant délicieuse, comme tout ce qu'on mangeait dans ce restaurant. Michel reconnut à la télévision les grosses lunettes et les longs cheveux blancs de Johann Gothenmaschlinbach. « C'est cet après-midi, à dix-huit heures trente, que Johann Gothenmaschlinbach, prix Nobel de la paix, spécialiste des questions du Proche-Orient, tiendra sa conférence sur la paix dans le monde au palais des Congrès à Lyon, disait le présentateur du journal. Nous rendrons compte en direct de cet événement important. Le professeur Gothenmaschlinbach, accueilli notamment par Mgr Tanass et par Benoît Goutteverte, le nouveau préfet de Lyon... »

– Ces deux-là, je ne les aime pas, dit Mariquita de manière inattendue.

On voyait les portraits des deux personnalités citées.

– Pourquoi ? demanda Nadia, amusée.

– Je n'aime pas leur tête. Ils ont l'air faux. Regardez la tête du prix Nobel, à côté...

– Tu n'as pas tort, dit Michel. Moi aussi, je juge sur les apparences. Le premier coup d'œil est le bon.

Mariquita les laissa après l'entrée. Elle s'inquiéta de leur mauvaise mine, puis les menaça affectueusement de la main, en un geste de mère espagnole bien connu de Michel et de Nadia, comme si elle les rendait responsables du souci qu'elle se faisait pour eux.

— Elle va mieux qu'avant-hier, hein ? dit Michel, souriant à Nadia.

— Rien à voir.

— Je t'adore, dit Michel.

— Moi aussi.

— Je me sens bizarre, aujourd'hui. Très bizarre.

— Moi aussi, dit-elle.

— Mais pas seulement à cause de…

— Moi non plus, dit-elle. (Ils se sourirent.) C'est sûrement la pleine lune.

— Tu surveilles toujours la lune ?

— Oui. La lune et les autres planètes. Il y a des jours où j'aimerais bien me promener en fusée. Une petite halte de temps en temps, quand une planète me paraîtrait accueillante…

Michel profita du tour astronomique que prenait la conversation pour dire deux mots d'Anna Nova à sa sœur. Nadia posa gentiment quelques questions. Il parvint à lui répondre en conservant un ton naturel, ce qui ne fut pas facile.

Après le déjeuner, Michel ramena sa sœur rue Bellecordière. Dans la voiture, il lui dit :

— Je suis en mesure, ma chérie, de préciser mieux la bizarrerie de mon état : j'ai l'impression, depuis ce matin, de voir les gens et les choses

pour la dernière fois. Sale impression, hein ?
Quant à la cause, outre la pleine lune, je me demande si ce n'est pas la peur de te perdre. Pardon
de te dire des choses pareilles…

– Tu ne me perds pas, dit Nadia. Tu le sais
bien. Tu le sais ?

– Oui, dit Michel.

Il la déposa place Louise Labé, à deux pas de
chez elle.

Il démarra.

Cinq mètres plus loin, il freina et fit une marche
arrière. Nadia se retourna en entendant la voiture.
Elle était merveilleusement belle sous le grand soleil.

– Non, rien, lui dit Michel par la vitre. Rien. À
bientôt ?

Elle le regarda sans répondre, l'air concentré,
au point que Michel répéta son « à bientôt » inter-
rogatif. Elle fit alors un pas en avant, s'immobilisa
en pointant l'index sur son frère, comme si elle allait faire une déclaration fracassante, et lui dit, la
mine solennelle :

– D'accord, à bientôt !

Puis elle eut un sourire éclatant.

Michel, plongé dans ses pensées, laissait aller sa
voiture. Il fit ainsi le tour de la place Bellecour,
franchit le pont de la Guillotière sans l'avoir vraiment voulu, prit le quai Claude Bernard, longea
les bâtiments de l'université où il avait fait une

partie de ses études, revint dans la presqu'île par le pont de l'Université, enfin prit le quai Gailleton à droite et décida de rentrer chez lui pour une petite demi-heure de détente avec Saint-Thomas, comme il aimait souvent à le faire, avant de continuer sa journée.

Mais quelle journée, se dit-il, et continuer quoi ?

Le mois d'août, le mois où il avait décidé de se consacrer corps et âme à son travail de luthier, lui parut lointain, inaccessible, hors de portée.

Quai Gailleton, passant devant l'Hôtel International Sofitel, il fut pendant quelques secondes la proie d'une pénible sensation, comme de vertige devant le vide, il craignit même d'avoir un malaise.

Dans le même moment, une idée l'envahit.

Son obsession farouche de retrouver ceux qui avaient si horriblement tué la mère de David, les conclusions de Noël Tisot le fou, les doutes de François Francis concernant la protection de Johann Gothenmaschlinbach à Lyon firent naître en lui une idée qu'il estima folle, mais qui lui redonna un peu de courage.

Il téléphona à Antoine Blanc, à l'hôtel de police.

SIXIÈME PARTIE

48

— Est-ce que tu pourrais faire en vitesse un montage en mettant bout à bout les images de l'hôtel, intérieur et extérieur ? Tu enlèves tout ce qui est malhonnête, et le reste, tu le mets à la suite, d'accord ?

— D'accord, facile.

— Tu en as pour longtemps ?

— Non, un petit quart d'heure.

— Je peux passer ? Non, attends… Ça t'embête de l'apporter rue Sully, dès que tu auras fini ?

— Pas du tout, ça me promènera.

— Alors on se voit là-bas. François est là ?

— Non, je l'ai vu sortir.

— Tu as son téléphone ?

François Francis devait avoir oublié son téléphone portable dans sa voiture ou ailleurs, il ne répondait pas. Michel lui laissa un message : il serait rue Sully autour de quinze heures trente, que François le rappelle dès que possible. Puis il téléphona à Mazars et lui demanda à quel hôtel descendait Johann Gothenmaschlinbach.

– Au nouvel hôtel Cinq-Mars, aux Brotteaux.

Michel fut déçu. Il n'avait pu s'empêcher d'espérer que Paul lui répondrait : « Au Sofitel. »

– Dommage, dit-il, j'avais une idée.

– Je vois que tu as parlé avec François, dit Paul, légèrement ironique.

– Non, pourquoi ? Je viens d'essayer de le joindre, mais je ne l'ai pas eu. Pourquoi ?

– Comme tu sais, il trouve insuffisante la protection du prix Nobel. Bien. Mais il exagère. À mon avis, en tout cas. Il a demandé à pratiquement tous les flics de l'agglomération de lui signaler tout ce qu'ils pourraient remarquer d'anormal. (Paul ajouta, après un silence :) Évidemment, dans ces conditions, on finit toujours par trouver quelque chose.

– Et on a trouvé quelque chose ?

– Pour moi, rien, dit Paul. Un inspecteur de chez nous, le vieux Lucien, tu sais, a croisé dans le métro un type qui s'appelle Michel Toth. Ce Michel Toth est dans nos fichiers pour avoir participé à deux ou trois attentats, dans le temps. Enfin, participé… Il devait emballer les sandwichs, tu vois le genre. Il a purgé une petite peine à Nice il y a sept ans, et depuis il s'est tenu à carreau. François a demandé à Lucien de ne pas le lâcher. Moi, je veux bien, mais des suspects comme ce Michel Toth, il y en a un par rue dans les grandes villes. Aussi, quand tu me demandes dans quel hôtel descend le prix Nobel, je me dis : ça y est,

François lui a refilé le virus. C'était quoi, ton idée ?

– J'allais justement au commissariat pour vous en parler, Paul.

– D'accord.

– Morphée est là ?

– Oui, en bas. Je lui dis que tu arrives.

Deux minutes plus tard, Michel retrouva Paul et Morphée. Le commissaire Mazars était à l'évidence grognon. Morphée, habile à détecter dans une pièce l'électricité négative dégagée par les humains, accueillit Michel d'un : « Alors, que se passe-t-il, Valda ? » destiné à absorber un peu de cette électricité, en vain sembla-t-il, Mazars fit celui qui n'avait rien entendu.

– Voilà, leur dit Michel. Les images du Sofitel qu'on voit sur la cassette se sont mises à me trotter dans la tête. Peut-être parce que la chambre elle-même n'est pas une chambre du Sofitel, je ne sais pas. Je me suis dit : et si ce n'était pas pour faire joli, si elles avaient une utilité, et laquelle ? J'ai demandé à Antoine de les monter bout à bout, il va arriver d'un moment à l'autre. Je me suis encore dit : supposons qu'on ait affaire à des gens assez puissants et assez organisés pour donner un coup de main à des terroristes. Parfaitement, à des terroristes. Pourquoi pas ? Des terroristes qui habitent à l'autre bout du monde, veulent éliminer quelqu'un, par exemple un prix Nobel de la paix qui descend à l'hôtel Sofitel à Lyon. D'accord,

Paul, aucun prix Nobel ne descend au Sofitel, hypothèse gratuite, mais laissez-moi quand même aller jusqu'au bout.

— Est-ce que je t'en empêche ? dit Paul avec un sourire un peu contraint. On t'écoute.

— Donc, des malfaiteurs locaux — locaux, mais capables néanmoins de pousser jusqu'aux points les plus reculés de la planète leurs tentacules nocifs (dit-il en regardant Morphée), procurent à des terroristes une cassette de repérages. Bien sûr, ces repérages sont provisoires et insuffisants. Mais quand même. Les images peuvent donner une idée des lieux, montrer si le travail est facile ou difficile, possible ou non, si un seul homme peut éventuellement s'en acquitter, bref, la cassette devient une pièce d'un dossier en train de se constituer, vous comprenez ? Pas plus, mais pas moins. Or ces malfaiteurs, supposons-les polyvalents, broutant à plus d'un râtelier : ils ont l'idée d'intercaler ces images dans une cassette pornographique qui n'a rien à voir avec notre prix Nobel imaginaire, une cassette qui leur a servi des mois auparavant pour un chantage, cela de manière à brouiller les pistes, au cas où des indiscrets tomberaient dessus. C'est un fait qu'on a à peine regardé les vues de l'hôtel.

— Il faut dire que le reste tirait plus l'œil, dit Paul.

— Ha, ha ! dit Morphée. En tout cas, l'idée de Michel est fameuse.

– Sur place, on peut tout à fait supposer que les malfaiteurs continuent de proposer leur aide. Ils peuvent fournir des armes, des hommes, des moyens de transport… Mais bon, laissons ça pour le moment.

Morphée, qui connaissait bien Michel, se rendait compte à quel point il était excité et déçu.

– Idée fameuse, répéta-t-il. On serait presque tenté de monter l'affaire.

Paul sourit, il commençait à se détendre.

– Je me suis un peu emballé, dit Michel. Je m'étais dit : j'appelle Paul, j'apprends que Johann Gothenmaschlinbach descend au Sofitel, on arrête ceux qui s'apprêtent à le tuer, et ceux-ci, ou leurs frères, sont les tueurs de Marie Livia-Marcos.

– Dommage, dit Morphée. On voudrait que le téléphone sonne et nous apprenne qu'à la suite d'une erreur, c'est bien au Sofitel que le prix Nobel doit loger.

– Tant pis, dit Michel. Voyons quand même le film.

Il montra la porte d'un geste théâtral, claqua dans ses mains, on frappa, c'était Antoine avec la cassette.

– Bravo ! dit Morphée. On n'arrête pas de terroristes, mais on rigole bien quand même. Salut, beau brun !

Ce compliment adressé à Antoine, qui avait une mince couronne de cheveux blonds si clairs qu'on les distinguait à peine de son crâne. Au moment

287

où les quatre hommes s'apprêtaient à regarder la cassette, le téléphone sonna. Paul répondit.

— C'était le vieux Lucien, dit-il ensuite. Rien d'intéressant, il me tient au courant de sa filature. Michel Toth a quitté son appartement. Il a pris sa voiture et semblerait vouloir sortir de Lyon.

— Tu le connais, ce Michel Toth ? dit Michel à Morphée.

— « Toth le pédé », dit Morphée. Il n'était pas homosexuel, mais il était connu sous ce nom parce qu'il était très soigné de sa personne, toujours à se pomponner, à porter de petits foulards en soie...

— Il en porte encore aujourd'hui, dit Paul. C'est d'ailleurs comme ça que Lucien l'a repéré. Quelqu'un qui porte un foulard par cette chaleur, ça se remarque.

Puis ils regardèrent la cassette. Les images du Sofitel, mises à la suite, se suivaient logiquement et auraient pu en effet servir de repérage grossier à quelqu'un qui se serait intéressé à l'hôtel, pour quelque raison que ce soit.

— Pas bête, mon grand, pas bête, dit Paul. Tu m'épates, mais ce n'est pas la première fois. Dommage que pour le moment nous n'ayons pas de raison réelle de penser...

— Je sais, dit Michel. Vous enfoncez le clou, patron. J'aurais quand même bien aimé que François voie ça. Mais d'ailleurs...

Même jeu de scène que quelques minutes auparavant : il désigna la porte et claqua dans ses mains, on frappa, c'était François Francis, plus chauve à lui tout seul qu'Antoine et Paul réunis.

— Bravo, Michel ! dit Morphée. Tu m'expliqueras tout à l'heure comment tu as fait...

— Merci, pour Bruckner, dit François à Michel. On en reparlera. (À Paul :) Lucien t'a appelé ?

— Il y a cinq minutes.

— Il vient de m'appeler à la seconde. Apparemment, Michel Toth se rend à Satolas. Apparemment pour y prendre l'avion, puisqu'il est sorti de chez lui avec une valise. (À Michel :) J'ai eu ton message, je n'étais pas très loin d'ici. Alors ?

Sans raison précise, Michel aurait juré que François Francis sortait d'un rendez-vous galant. Pas très loin d'ici.

Il lui expliqua son hypothèse et ils repassèrent le petit film.

— Félicitations, Michel, dit François. Et merci, ajouta-t-il en souriant, de si bien raviver mon inquiétude.

— Comment ça ? dit Paul. Ne me dis pas que tu penses encore à Johann Gothenmaschlinbach ?

— Si.

— Mais il a une suite retenue au nouvel hôtel Cinq-Mars !

— Oui, l'hôtel, d'accord, dit François. Mais pour la conférence, il y a eu un changement...

— Quoi ? J'ai encore entendu aux informations d'une heure...

— Non, non, Paul, ce n'est pas ce que je veux dire. Johann Gothenmaschlinbach va bien parler au palais des Congrès, mais il y a deux mois, la première fois qu'il a été question de sa visite à Lyon, il devait prononcer son discours dans la salle de conférences du Sofitel, qui, par la suite, a été jugée trop petite.

Il y eut quelques secondes de flottement, d'incertitude, de regards échangés. L'idée folle de Michel, qui s'était enfuie ventre à terre, avait perdu toute chair dans sa course et s'était réfugiée à l'état de squelette dans le recoin le plus inaccessible de son crâne, rappliqua soudain, frétillante et charnue d'un moment à l'autre, lissant ses plumes et claquant du bec avec arrogance, sur le devant de la scène, bientôt rejointe par toute une portée de petites idées folles, l'une d'entre elles étant que ce Michel Toth, repéré par le vieux Lucien, et qui se rendait à Satolas avec une valise…

Tout redevenait possible.

C'était Paul, maintenant, qui avait l'air le plus inquiet.

— Rien d'alarmant, Paul, dit François Francis. Il y a loin entre l'hypothèse de Michel et la possibilité d'un attentat aujourd'hui. Mais son mérite est de nous tenir en éveil, dans un domaine où je sais par expérience qu'il vaut mieux pécher par excès de prudence. On va donc essayer de pécher par excès de prudence. Le problème, c'est qu'on n'a pas beaucoup de temps. (Il regarda sa montre.) Il

est trop tard pour finasser. Dès que Johann Gothenmaschlinbach descendra du train à la Part-
Dieu, il faut l'entourer d'une armée de flics qui ne
le lâcheront plus jusqu'à son départ, tant pis si ce
n'est pas très discret. Qu'est-ce que tu en penses ?
Il ne se passera rien, mais on va agir comme si.

49

Le soleil faisait rage sur le petit bout d'auto-route entre Lyon et l'aéroport de Satolas, on avait encore plus chaud qu'en ville malgré les vitres ouvertes.

L'Alfasud rouge fonçait.

— Qu'est-ce que tu espères exactement ? dit Morphée. Le type va prendre l'avion, voilà, il va prendre l'avion.

— Ou bien il va attendre quelqu'un, dit Michel.

— Avec une valise ?

— Justement...

Morphée comprit ce qu'imaginait Michel.

— Là, tu pousses un peu, non ?

— Oui. Mais faisons comme si.

Le vaste cercle de l'aéroport fut en vue.

Michel Toth, sa valise à la main, se tenait de-bout près des « arrivées internationales ». C'était un homme d'une cinquantaine d'années, grand, mince, élégant, avec d'abondants cheveux bruns. Il était vêtu d'un costume de lin clair qui dissimulait parfaitement son Mercury (une arme extra-plate, compagne de toutes ses missions), et il portait, donc, un petit foulard en soie verte autour du cou.

Il avait l'air calme et sûr de lui. Ses activités avaient été (et étaient encore) moins modestes que Paul Mazars ne le supposait. Mais c'était un malin. Il avait toujours réussi à rester dans l'ombre et à éviter le siècle de prison qu'il aurait écopé si la police avait tout su de lui. Son appartenance au groupe de Dieudonné Bornkagen était ancienne. Dieudonné le tenait pour un collaborateur de confiance, chevronné et « réglo », à qui il lui arrivait même de demander conseil.

À un moment, Toth posa sa valise, resserra son foulard qu'il sentait trop lâchement noué, reprit la valise.

– On dirait bel et bien qu'il attend quelqu'un ! dit Morphée, très excité. Pour lui passer la valise et le fusil qui est dedans, comme le croit Michel le fou ? Les enfants, si on est bons sur ce coup-là, on est nommés préfets sous huitaine !

Michel et Morphée avaient retrouvé Lucien Descaves à Satolas. Les trois hommes se tenaient dans une salle de contrôle de l'aéroport, l'œil fixé sur l'écran d'un des postes de télévision. La climatisation était bruyante, trop, et trop efficace. Le vieux Lucien avait le dos glacé, il n'aimait pas cette sensation.

Plusieurs arrivées se succédèrent. Il y eut un afflux de voyageurs, un début de cohue. Deux hommes frôlèrent Michel Toth. Il ne les regarda même pas. Les deux hommes étaient très bruns, mais guère plus que lui, et leur type étranger était à peine marqué. Ils avaient une trentaine d'années. Le plus petit, en blouson de toile bleue ouvert sur un tee-shirt noir, portait un sac de voyage. Le plus grand, vêtu d'un costume beige, tenait à la main une valise exactement semblable à celle de Michel Toth. Au moment où cet homme et Michel Toth se trouvèrent en contact, ils échangèrent les valises sans les poser à terre, en souplesse. Seule la haute taille de Michel Toth permettait de ne pas le perdre de vue. Pour le reste, son manège demeura caché aux trois inspecteurs qui le surveillaient.

Une minute plus tard, la foule s'éclaircit. Michel Toth se tenait au même endroit, sa valise à la main, mais ce n'était pas la même valise.

Ils le virent téléphoner, un bref coup de fil.

— Pourquoi il téléphone ? dit Michel un peu énervé.

— Pourquoi tu téléphones, toi, quand tu téléphones ? dit Lucien.

Lucien aussi se sentait énervé, et fatigué, brusquement très fatigué.

— Peut-être qu'il avertit quelqu'un que quelqu'un a raté l'avion, dit Morphée.

Michel réfléchit.

– C'est bizarre. En fait, il n'a pas spécialement l'attitude de quelqu'un qui attend. Vous ne trouvez pas ? On dirait qu'il est venu passer un petit moment à Satolas avec une valise et qu'il va rentrer chez lui. Je n'y comprends rien.

– Ou alors, on a éliminé trop vite l'hypothèse la plus simple, dit Morphée. Il va finir par prendre un avion, il aime être en avance et il attend tranquillement.

– Dans ces cas-là, on va à la cafétéria. Il a dix pas à faire.

– Et s'il n'a pas soif ?

– Tu connais quelqu'un qui n'a pas soif, à Lyon, en ce moment ? dit le vieux Lucien.

Lui avait soif. Et chaud et froid en même temps. Il avait hâte de rentrer chez lui.

Mission accomplie. Au début, Michel Toth avait hésité à accepter. Le risque était énorme. Mais plus théorique que réel, lui avait dit Dieudonné en lui expliquant l'affaire en détail. Flatté par l'insistance de son supérieur, séduit surtout par un salaire aussi énorme que le risque théorique, Michel Toth avait fini par dire oui, et aujourd'hui il ne regrettait pas.

Il entra dans la cafétéria. Il repéra une place côté sud, tout près d'une table où bavardaient en riant deux jeunes filles. Malgré son surnom, il était grand amateur de femmes, de préférence jeunes, et même il ne répugnait pas à « draguer ».

Michel, Morphée et Lucien s'installèrent, eux, côté nord, près de l'entrée de la cafétéria.

— Cette fois, je renonce à comprendre, dit Michel. Qu'est-ce que tu en penses, Lucien ?

Lucien n'en pensait rien.

— Si tu as des idées, même en vrac, renchérit Morphée.

Le garçon arriva. Michel et Morphée commandèrent de l'eau minérale gazeuse, Lucien de l'eau plate, ce qui les étonna, car il était connu pour forcer sur la bière.

— Tu es malade ? dit Morphée pour plaisanter.

— Oui, répondit Lucien.

— Qu'est-ce qui t'arrive ?

— Je ne sais pas. J'ai froid, depuis un moment.

— C'est l'énervement, dit Michel. Et la climatisation. Moi aussi, j'ai un peu froid.

Michel surveillait Michel Toth, qui semblait détendu, tout au plaisir de boire. Un quart d'heure passa. Au bout de ce quart d'heure, Michel s'exclama :

— Ça, alors ! Il est en train de faire du gringue à ses voisines !

Puis il regarda Morphée, qui regardait Lucien. Lucien, dont le front s'était couvert de sueur, ouvrit la bouche, mais il ne put parler.

— Lucien ! s'écrièrent en même temps Michel et Morphée.

Le vieux Lucien eut alors une espèce de convulsion qui lui jeta la tête sur le côté, son corps devint mou, et il tomba de sa chaise sans que les autres puissent le retenir.

Il était mort, embolie cérébrale fulgurante, talonnée par une crise cardiaque non moins fulgurante, tel fut le diagnostic du jeune médecin de l'aéroport accouru dans la minute.

Michel pensa à Mariquita.

Un attroupement s'était formé. Michel Toth, inquiet un instant, avait compris de quoi il s'agissait, et, les petites ne lui ayant répondu que du bout des lèvres, il en eut assez de la cafétéria. Il se leva pour partir.

Michel ne cessait de l'observer.

— Il s'en va ! Qu'est-ce qu'on fait ? dit-il à Morphée.

Michel Toth fut à trois mètres d'eux. Il jeta un coup d'œil sur Lucien étendu, sur le médecin qui rédigeait son rapport en attendant l'ambulance. Puis il se vit lui-même dans une des glaces qui recouvraient les murs et trouva son foulard mal noué. Comme cela lui arrivait trente fois par jour, il éprouva le besoin de l'arranger plus à sa convenance. Il posa donc la nouvelle valise et resserra le foulard. Pour le peaufinage, se dit-il, il verrait dans le rétroviseur de la voiture.

Il marcha vers la sortie de la cafétéria.

Michel avait en tête tous ses gestes depuis qu'ils avaient commencé la surveillance. Toth venait de soulever la valise différemment, et elle bougeait différemment au bout de son bras. Comme une valise vide ? Il s'adressa à Morphée en chuchotant :

— Je crois que la valise est vide. Ce n'est pas la même, il l'a échangée !

Et il fonça.

En quelques bonds rapides, il sortit de la cafétéria.

Machinalement, ou instinctivement, Michel Toth se retourna.

Michel s'arrêta net et braqua son arme.

— Police ! dit-il. Qu'est-ce qu'il y a dans la valise ?

— Rien ! dit Michel Toth avec calme, et avec un étonnement convaincant.

Déjà un nouvel attroupement se formait, malgré l'arme, malgré le danger.

— Dans celle-ci, dit Michel, mais dans l'autre ?

Morphée arrivait, arme au poing également, en criant aux gens de s'écarter. Michel Toth savait qu'il devait agir tout de suite, dans quelques secondes il serait trop tard.

Il repéra à trois mètres de lui une adolescente aux cheveux lisses et aux joues creuses qui regardait la scène avec fascination.

Il lança la valise sur Michel et presque d'un même mouvement se rua sur l'adolescente, la prit violemment aux épaules, recula en se servant d'elle comme d'un bouclier. Ils se trouvèrent alors face à face. On aurait dit qu'ils faisaient quelques pas d'une danse disgracieuse. L'adolescente avait les yeux fermés, plissés, tout son visage était contracté par la peur. Morphée criait des ordres et des menaces. À ses cris répondirent dans le public des exclamations, des appels au secours. Toth voulut s'emparer de son Mercury, mais il sentit que la jeune fille perdait connaissance.

Au moment où elle lui glissait d'entre les bras, soudain courbé en deux il détala parmi les badauds en direction d'une sortie proche. Avec le monde, se dit-il, les flics ne tireraient pas.

Michel et Morphée se lancèrent à sa poursuite.

Les portes coulissantes restèrent ouvertes un instant après le passage d'une femme. Michel Toth les franchit au galop. Elles eurent le temps de se refermer, l'élan de Michel fut stoppé. Il perdit de nombreuses secondes, pendant lesquelles Michel Toth dévala les marches qui menaient à l'immense parking à ciel ouvert et entama un nouveau sprint dans l'allée centrale du parking, déserte pour l'instant.

Malgré ses foulards et sa coquetterie, c'était un homme solide, déterminé. Il ne pensait plus qu'à son 4 × 4 : encore quelques dizaines de mètres et il l'atteindrait. Il profiterait de sa petite avance et sortirait du parking en pulvérisant les barrières s'il le fallait, le 4 × 4 était un vrai tank. Sur la route, il aviserait. Il arrêterait peut-être une autre voiture et le conducteur serait bien obligé de lui obéir, et ensuite, plus tard, une planque, des bonnes planques, il en connaissait ! Telles étaient les images que son courage et son désir de vivre représentaient à son esprit.

Morphée arriva bon dernier au bas des marches. Il hurla : « Arrêtez ! » et tira un coup de feu en l'air, puis se mit à courir lui aussi dans l'allée centrale. S'il n'y avait pas eu Michel devant lui, il aurait visé posément et il aurait atteint le fuyard à la jambe, droite ou gauche, mollet ou cuisse, là où il aurait voulu, Morphée était capable de n'importe quel exploit au tir.

« C'est le gros flic qui a tiré en l'air », se dit Michel Toth, qui résistait à la panique, mais qui faillit y céder quand, dans le silence qui suivit le coup de feu, il perçut distinctement le bruit des pas d'un poursuivant, un martèlement à la fois précipité et régulier.

Le plus jeune, se dit-il. À quelle distance ?

Il n'allait pas se faire prendre maintenant, ce serait trop bête. Le 4 × 4 était là, presque à sa portée, à quelques mètres sur la gauche, premier véhicule garé dans une allée latérale.

Toth dégagea son Mercury, se retourna à demi sans cesser de courir et tira en direction de Michel.

Il ne le toucha pas.

Mais la balle frappa Morphée en pleine poitrine.

Ni Michel ni Toth ne s'en rendirent compte.

On aurait pu croire à une sorte d'accélération du temps tellement Michel, rendu fou de rage par le coup de feu, réduisit vite et irrésistiblement la distance qui le séparait encore de Toth — et soudain sa main gauche s'abattit sur sa nuque de l'homme, tandis que de la droite — il lâcha alors son propre revolver — il enserrait le poignet qui tenait le Mercury.

Il ne chercha pas à arrêter l'homme, au contraire, il l'accompagna dans sa course, modifia sa direction et, pesant sur sa nuque, l'entraîna tête baissée vers l'arrière du 4 × 4. Au dernier moment, il rassembla toute son énergie pour pousser plus fort encore. Le crâne de Toth vint percuter la tôle avec fracas. Toth s'évanouit sur-le-champ, assommé, le cuir chevelu ouvert sur plusieurs centimètres.

De toute sa brève carrière, Michel n'avait encore jamais commis un acte de violence de cette sorte.

Le Mercury était tombé sur le sol. Michel le prit et aussitôt se retourna, et c'est alors qu'il vit Morphée, étendu plus haut dans l'allée centrale. Il crut d'abord, il voulut croire que Morphée avait trébuché, son esprit se refusa à se souvenir du coup de pistolet tiré par Toth. Puis il se précipita en criant deux fois le nom de son ami.

Des gens s'approchaient, surgis on ne savait d'où.

Un groupe de personnes apparut en haut de l'escalier. Parmi elles, deux policiers de l'aéroport et le jeune médecin.

– Un médecin ! cria une voix près de Michel.

Michel s'agenouilla près de Morphée, s'efforçant de ne pas regarder la tache de sang luisante qui s'étendait sur sa chemise. Il lui prit la main et approcha son visage près du sien. Morphée avait les yeux ouverts, mais il ne bougeait pas. Michel comprit qu'il ne pouvait parler malgré ses efforts.

– On va te soigner. Je reste avec toi, je reste avec toi tout le temps, dit doucement Michel en se retenant de sangloter, et en prenant sa main.

Son intention était de dire aux deux policiers de s'occuper de Michel Toth. Pour l'heure, il se moquait de tout. Il aurait laissé fuir tous les bandits du monde plutôt que de lâcher la main de Morphée.

Mais les choses se passèrent autrement.

Morphée répondit à la pression de la main et regarda intensément Michel. Il battit des paupières à deux reprises, avec une expression de bonté, comme pour le rassurer et le réconforter, et pour lui signifier une dernière fois son affection.

Il voulut encore parler, mais en vain.

Il ferma les yeux une seconde. Quand il les rouvrit, son regard avait changé, il était plein de désespoir et d'angoisse.

– Morphée ! murmura Michel, sur un ton qui signifiait : « Ne t'en va pas, je t'en supplie, ne me laisse pas ! »

Mais Morphée ne put lutter contre la mort, son regard cessa de voir et sa main ne serra plus celle de Michel.

Michel pleurait, pleurait. Il tenta de sa manche d'éponger les larmes, puis, après un dernier regard à son ami si cher, il lâcha sa main et se releva.

Le médecin, qui, en ce jour, allait de cadavre en cadavre, constata le décès, sous un soleil si violent qu'il semblait complice du malheur des hommes. Michel expliqua aux deux policiers qu'il devait s'occuper du coupable de ce meurtre — lequel se trouvait là (il fit un geste vague), hors d'état de nuire —, et leur demanda d'empêcher les curieux de le gêner dans son travail. Ils dirent oui avec empressement.

Michel retourna près du 4 × 4. Il buta contre son Manurhin, il le ramassa. Michel Toth était toujours évanoui. Il avait saigné en abondance. Sa tête était rouge comme si on l'avait peinte en rouge, ou comme si on lui avait passé une étroite cagoule rouge. Michel le prit aux aisselles et le traîna derrière le 4 × 4 de manière à le dérober aux regards. Toth se réveilla plus ou moins et émit un grommellement. Michel l'empoigna par le cou et le maintint assis, dos à la voiture, puis il le secoua pour le réveiller mieux. Ce fut efficace. Toth ouvrit les yeux, ou plutôt un œil, le gauche, car Michel avait posé le Manurhin sur son œil droit et exerçait une pression qui fut vite intolérable à Michel Toth.

— Arrête ! dit Toth dans un souffle rauque.

Michel enfonça plus le canon de l'arme.

– Tu as une chance de sauver ta vie, dit-il. C'est de me dire tout, tout de suite.

Sa voix était différente de sa voix habituelle, plus basse, sans inflexions.

Il était sur le point de tirer.

Michel Toth avait de l'expérience. Il vit dans le regard de Michel qu'il était perdu s'il ne parlait pas. Il se demanda même s'il avait affaire à un vrai policier. Il était courageux, endurant, il pouvait supporter beaucoup, mais pas l'épouvante d'une mort immédiate et certaine. Il avait mal, il avait peur à chaque instant que son œil droit ne cède et ne s'enfonce dans son crâne. Il répondit aux questions de Michel.

L'une d'entre elles concernait la mort de Marie Livia-Marcos.

Michel enfin décolla son arme de la paupière.

– S'il y a un mot de faux dans ce que tu m'as raconté, dit-il de la même voix méconnaissable, j'irai te tuer en prison.

Puis il assomma une deuxième fois Michel Toth, d'un coup de crosse assené à toute volée sur le côté de la tête.

Quelques instants plus tard, il demanda aux deux policiers d'enfermer l'assassin de l'inspecteur Detouris dans une salle de l'aéroport, ils auraient bientôt des instructions précises. Et il rentra à Lyon, seul, sans Morphée à ses côtés. Sur l'autoroute, hors du lieu du drame, l'idée qu'il ne le reverrait jamais plus lui fut insupportable, et il était secoué de sanglots.

Il poussa l'Alfasud à fond.

Il ne téléphona pas à Paul Mazars, comme il aurait dû le faire. Il ne prévint personne. Il n'y songeait pas vraiment. Il fonçait et il suivait son obsession.

50

Lorsque Johann Gothenmaschlinbach, après avoir somnolé pendant la deuxième heure du trajet Paris-Lyon, descendit du train de dix-sept heures à la gare de la Part-Dieu avec son épouse (une Coréenne beaucoup plus jeune que lui qui était aussi sa secrétaire et sa conseillère), il fut étonné, bien qu'il eût été prévenu pendant le voyage, du nombre de policiers qui l'attendaient.

Encore plus étonné fut André, le bestial et efficace André-Serge Tormes, qui, tout nez, tout oreilles décollées, tout poil et tout torse, rôdait dans les parages en observateur. Pourquoi ce déploiement de forces ? Quelle qu'en soit la raison, l'opération devenait délicate. Il fallait que « Mister One », le tireur, soit prévenu au plus vite, lui et sûrement d'autres.

Mais Dieudonné saurait bien quoi faire.

Il sortit de la gare et regagna sa voiture à pas rapides. Son torse n'était pratiquement pas affecté de mouvements dans le sens vertical et semblait glisser sur une surface plane, illusion grotesque, monstrueuse, engendrée par le jeu effréné des courtes jambes véloces.

De la voiture, il appela Dieudonné.

Après l'Hôtel de Samarcande et des Bains, Dieudonné Bornkagen s'était installé très provisoirement dans un petit appartement sous les toits en plein quartier de la Part-Dieu. André l'avertit de ce qu'il venait de voir.

Dieudonné avait appris le matin même par les journaux l'arrestation de Donatien Vannassique et de Noël Tisot. Il avait été conforté dans sa certitude que l'homme de Vaulx-en-Velin était bien un envoyé de Vannassique. Et d'ailleurs, il ne pouvait raisonnablement établir de lien entre leurs démêlés avec le P-DG et ce que venait de lui raconter André. Que se passait-il ? Impossible de le savoir. Peut-être rien. Mieux valait néanmoins jouer la prudence absolue. Il approuva André dans ses craintes, lui dit de passer aussitôt et, dès qu'il eut raccroché, téléphona à un homme, à Londres, qu'il n'avait jamais vu et qu'il connaissait sous le nom de « Mister Six ». Il s'était entretenu une vingtaine de fois avec lui, en anglais, bien que Mister Six ne fût pas anglais et parlât encore plus mal que lui, Dieudonné, du point de vue de l'accent.

Il lui exposa la situation : tout était prêt, le tireur était posté, la suite était prévue minute par minute, bref, ils avaient fait méticuleusement ce qui devait être fait, mais voilà, il y avait cet élément nouveau, indépendant de la qualité de leur travail, cet afflux inattendu, excessif, mystérieux, inquiétant de forces de police à l'arrivée de Gothenmaschlinbach. Mister Six tenait Bornkagen (« Mister Three ») en haute estime. Ses renseignements sur Mister Three étaient sûrs, il avait toute confiance en cet homme et savait qu'il aurait eu du mal à trouver plus compétent. Aussi lui demanda-t-il purement et simplement son avis, à lui qui était sur place.

— À mon avis, il faut tout arrêter, dit Dieudonné. Le risque est trop grand.

— D'accord, dit l'autre sans hésitation. On arrête tout. Récupérez mes deux hommes, ils me sont précieux. Surtout le tireur. Et soyez prudent, interrompre une mission bien avancée est parfois plus difficile que de la mener à terme. Bien entendu, votre rémunération reste la même.

— Merci, dit Dieudonné. Je m'occupe personnellement de vos hommes.

Dieudonné se réjouit du gros salaire facilement gagné : l'opération dangereuse qui consistait à assurer la sécurité des deux terroristes après l'assassinat se transformait en simple promenade. Il appela « Mister One », le tireur à son poste. Il lui fit part de sa conversation avec Mister Six, lui dit comment ils allaient procéder dans l'immédiat et le chargea de communiquer les nouvelles instructions à « Mister Five », son compagnon.

Avant de passer son costume de toile beige clair, qu'il aimait bien et qui sortait du pressing, il s'aspergea le visage et le torse de son parfum rare. Quand André sonna, Dieudonné était encore en train de se renifler les avant-bras.

51

À cinq heures dix, Michel se gara rue de Bonnel, presque à l'angle de la rue Cinq-Mars. Il laissa dans la voiture son Manurhin et garda le Mercury de Toth, invisible sous la veste.

La rue Cinq-Mars était une petite rue à sens unique qui reliait la rue de Bonnel à la rue Le Royer. Le quartier était en pleine métamorphose, Michel le reconnut à peine. Tous les immeubles avaient été rénovés, ou détruits et reconstruits, et la plupart étaient encore inoccupés, voire inachevés. Tel était le cas de l'immeuble du 6, qui faisait presque face, à vingt mètres près, à l'hôtel Cinq-Mars.

Michel pénétra dans cet immeuble, celui où le tireur était posté, au douzième étage. Harcelé par la fatigue, gravement choqué par la mort de Morphée, il eut un éblouissement, accompagné d'une sorte de vision : il était sur la rive d'un large fleuve, sur l'autre rive des gens lui adressaient des signes, il reconnaissait bien Nadia, Morphée, Mariquita, Anna, David et Marie, son chat Saint-Thomas lui-même était présent, et tous, même le chat avec sa patte, tous lui faisaient signe de s'éloigner, de ne pas embarquer, de ne pas franchir le fleuve : mais comment, chers amis, comment ne pas vous rejoindre, que me demandez-vous là, et que deviendrais-je sans vous ?

La vision se dissipa.

Il était encore temps de renoncer. Cette fois, Mazars ne pourrait plus rien pour lui. Bien heureux s'il lui évitait d'autres sanctions que la démission forcée. Mais Michel ne se posa pas de questions. Comme s'il entrait délibérément dans un autre rêve éveillé, il franchit la porte du 6, rue Cinq-Mars.

Les nouveaux immeubles, d'élégante et solide construction, destinés à des propriétaires fortunés, étaient l'œuvre des entreprises les plus sérieuses et les plus réputées, mais cela n'avait pas empêché (surtout vers la fin des travaux) une certaine anarchie dans l'intervention des divers corps de métier. Au 6, par exemple, tout ce qui était bois et vitres manquait pour un tiers. Il s'ensuivait, dès le hall d'entrée, d'étranges contrastes entre surcharge de finitions et manques flagrants, comme si, pensa Michel, on commençait de démanteler au moment même où on achevait de construire.

Davy, Mister Five, venait de faire un tour d'inspection étage par étage pour vérifier que tout était tranquille (tout l'était), et il appuyait sur le bouton de l'ascenseur pour remonter au douzième, lorsqu'il vit Michel traversant le hall d'un pas de promeneur. Michel l'avait vu également et reconnu : c'était l'un des deux hommes que lui avait décrits Toth, pas le tireur, l'autre, son assistant. Davy lâcha intérieurement un certain nombre de jurons et se tint prêt à toute éventualité.

Michel arriva près de l'ascenseur. La mine aimable, les mains sagement réunies devant lui, il demanda :

— Vous venez aussi pour visiter ?

— Oui, répondit Davy avec un air aimable presque aussi bien joué que celui de Michel.

Il n'avait d'ailleurs pas une tête de brute, loin s'en fallait, et ses traits ne manquaient pas de finesse.

— J'ai acheté au sixième droite, dit Michel. Tout devait être terminé il y a une semaine. Tout est bien terminé, mais il manque les plinthes. Enfin ! Ils les ont peut-être posées hier après-midi, je vais bien voir.

D'un léger mouvement de tête et pincement des lèvres, Davy lui signifia qu'il comprenait son mécontentement. L'ascenseur arriva. Michel s'écarta et d'un geste invita Davy à entrer le premier. Davy n'hésita pas, il entra et remercia, mais en effectuant un mouvement tournant, sans vraiment quitter Michel des yeux.

Michel le suivit.

– Quel étage ? dit-il.

– Douzième.

Michel appuya sur 6 puis sur 12. Les portes se refermèrent. L'ascenseur était vaste et luxueux. Une épaisse moquette le tapissait tout entier, sauf à l'endroit de la glace, absente. La chaleur devait atteindre trente-cinq degrés.

Michel avait un avantage sur Davy: il savait qui il était. Il était sûr de l'attaque d'un ennemi sans pitié contraint de le neutraliser.

L'ascenseur s'éleva. Les deux hommes se trouvaient face à face. L'intention de Davy était d'assommer l'intrus à coups de crosse pour avoir la paix le temps nécessaire. Du tracas pour rien, du travail supplémentaire, mais il n'avait pas le choix. Michel regardait dans le vague, avec l'air gêné qu'on a dans les cas de promiscuité forcée. Mais, dès que l'autre, d'un geste naturel, ni lent ni rapide, comme distrait, porta la main à son blouson, Michel se recula autant qu'il était possible et lui porta un formidable coup de pied au bas-ventre, entre les jambes, de la pointe de sa chaussure.

Il n'eut pas à frapper une deuxième fois.

Davy poussa un cri bref et s'écroula d'un bloc.

Il ne bougea plus.

Michel se demanda s'il l'avait tué, c'était un coup qui pouvait tuer.

Il fouilla dans le blouson. Il en retira un pistolet, aussi plat que le Mercury, qu'il garda à la main.

L'ascenseur s'arrêta au sixième. Les portes

s'ouvrirent. Michel appuya aussitôt sur le bouton qui en commandait la fermeture. L'ascenseur repartit. Michel inspira à fond plusieurs fois de suite. Il jeta un coup d'œil sur Davy. Respirait-il encore ? Il ne l'aurait pas juré. Puis il n'y pensa plus.

Dans un cabinet de toilette de l'appartement de deux cents mètres carrés du douzième droite, cabinet dont la petite fenêtre (privée de vitres) offrait une vue idéale sur l'entrée de l'hôtel Cinq-Mars, Mark, Mister One, répéta une dernière fois son rôle : il posa le canon du fusil démontable sur son support métallique également démontable, cala bien la crosse contre son épaule, colla l'œil à la lunette, balaya les abords de l'hôtel…

Parfait, se répéta-t-il. À cette distance, avec ce fusil, il était sûr de lui.

Il s'apprêtait à faire ses exercices de yoga — encore qu'il se sentît très détendu, il n'y avait pas plus détendu que Mark en toutes circonstances —, lorsque son téléphone portable sonna. Davy ? Non, sûrement pas. Il répondit. C'était Mister Three, qui l'avertit du changement de programme de dernière minute.

Très bien. Il en aurait fallu plus pour perturber Mark. Il entendit l'ascenseur : Davy remontait. Il transporta le fusil et son support dans le grand salon brûlant de soleil. Les architectes avaient eu la bonne idée de placer ce grand salon du côté de la rue Simon, une petite rue parallèle à la rue Cinq-Mars, de sorte qu'on voyait tout Lyon, les deux fleuves, la colline de la Croix-Rousse, et Notre-Dame de Fourvière. Mark avait trouvé cette vue plaisante quand il était entré dans l'appartement. Il lui consacra trois secondes (il n'aurait pas l'occasion de la contempler de sitôt), puis entreprit de démonter fusil et support pour les ranger dans la valise.

Michel s'éloigna de l'ascenseur à grands pas silencieux. Il atteignit l'appartement de droite et entra avec précaution dans un hall de forme hexagonale (avec précaution, mais aisément, car aucune porte n'était encore installée au douzième et dernier étage). Il n'avait pas prêté attention au fait que les portes de l'ascenseur s'étaient refermées un peu plus tard qu'elles n'auraient dû.

Davy, parce qu'il était coriace, que l'enjeu était d'importance, et surtout parce que le coup de Michel, pour terrible qu'il fût, avait perdu un peu de sa force contre la partie supérieure de la cuisse ou sur une zone osseuse voisine du point le plus dangereux, Davy reprit connaissance. Il leva le bras dès que Michel fut sorti de l'ascenseur et appuya sur le bouton qui maintenait les portes ouvertes.

Puis il se traîna sur le palier.

La moquette étouffait tout bruit.

Au dernier moment, Michel prit aussi le Mercury et fit irruption dans le grand salon avec deux armes braquées. Mark, accroupi, finissait de remballer son matériel. Il parvint à garder son sang-froid. Il alla jusqu'à déposer le troisième et dernier élément du support dans la valise – d'un geste précautionneux il est vrai, pour montrer qu'il avait tout de même bien saisi la situation – avant de dire :

– Changement de programme. Je pars. Je vous conseille d'en faire autant. Des gens vont venir. Il vaut mieux qu'ils ne vous trouvent pas ici, je vous assure. Dans votre intérêt.

Il prononça ces mots avec conviction, comme s'il était réellement inquiet du sort de Michel. Il avait le même imperceptible accent que Davy, et la même relative finesse de traits.

Il réfléchissait à toute allure. Que faire ? Qui était cet homme ? Sûrement pas un policier. Mais peut-être. Comment avait-il pu monter malgré Davy ? Et où était Davy ?

Michel, en le voyant ranger le fusil, eut l'idée troublante que le temps marchait décidément à rebours. Que le tireur, comme les constructeurs d'immeubles, défaisait alors même qu'il venait de faire, et que les choses retournaient vers leur début autant qu'elles allaient vers leur fin.

– Qui êtes-vous ? Que voulez-vous ? dit Mark d'une voix calme.

Michel avança dans la pièce immense.

La valise contenait un véritable petit arsenal de voyage : outre le fusil, un revolver, une arme blanche et deux grenades.

Michel s'arrêta à trois mètres de Mark.

– Debout ! lui dit-il.

Mark se leva. Il était aussi grand que Michel. Il le regardait dans les yeux.

Michel trouva son regard trop fixe, comme si Mark se contraignait à ne pas regarder ailleurs.

Il tourna la tête à temps, de justesse.

Davy était parvenu à se déplacer jusque dans l'appartement, jusqu'au seuil du grand salon. Là, rassemblant ce qui lui restait de forces et peut-être de vie, il s'était précipité sur Michel, bras et tête en avant, et il allait le heurter.

Michel s'écarta si vite qu'il trébucha et perdit l'équilibre. Davy continua sur son élan, la tête de plus en plus près du sol.

Mark s'était jeté sur la valise lorsque Michel avait détourné les yeux. Mais Michel, alors même qu'il tombait, et indifférent à sa chute, concentra son attention sur lui et fit feu de ses deux armes au moment où Mark allait s'emparer du revolver – au moment où son épaule à lui, Michel, heurtait le sol, et au moment où Davy, à bout de course, s'effondrait sur la moquette.

Les trois hommes se retrouvèrent à terre.

Michel se releva aussitôt, pas les deux autres. Davy, repris par une douleur insupportable que son effort de volonté avait momentanément tenue en échec, se tordit et se mit sur le dos en gémissant. Quant à Mark, les balles tirées par Michel l'avaient atteint l'une à la poitrine et l'autre près de l'œil droit. La partie droite de son visage n'était qu'une plaie sanglante.

Michel s'approcha d'eux. Ils cessèrent un instant de geindre et firent non de la tête. Mais Michel n'avait pas l'intention de les tuer. Il voulait seulement mettre toute arme hors de leur portée.

Il s'empara de la valise et quitta l'appartement, abandonnant Mister Mark et Mister Davy à l'horreur de leur destinée.

52

Quand Michel ouvrit la porte de l'immeuble qui donnait sur la rue Simon, il s'était débarrassé de la valise, mais il avait conservé une grenade. Son costume blanc commençait à être nettement moins blanc. Le jeu des sens uniques interdisait la rue Simon dans le sens rue de Bonnel - rue Le Royer, la BMW blanche allait donc arriver par la gauche. Michel n'eut pas à attendre longtemps. Après moins d'une minute, elle arriva.

À la seconde où Dieudonné Bornkagen et André-Serge Tormes quittaient la rue Le Royer pour prendre la rue Simon, Johann Gothenma-schlinbach et son abondante escorte s'engageaient de la rue de Bonnel dans la rue Cinq-Mars. Dans le silence du quartier désert, Michel entendit, outre le ronronnement feutré de la BMW, un lointain grondement confus de voitures et de mo-tos.

Il s'éloigna de l'immeuble et se posta en plein milieu de la rue Simon comme saturée de soleil.

Dieudonné, stupéfait, le reconnut.

À cette distance, il n'avait qu'un parti à prendre : foncer.

Michel défit la grenade, la lança et s'aplatit sur le sol. Son épaule droite était redevenue un bloc de douleur.

Dieudonné freina et stoppa la voiture sur quelques centimètres. Mais le jet de Michel était puissant, et la grenade, après un rebond, vint s'arrêter devant le capot, si bien que Dieudonné et André, si frénétique que fût leur agitation pour ouvrir les portières et se ruer hors de la voiture, ne purent échapper à l'explosion. Ils furent soulevés du sol et ils retombèrent chacun de son côté, ensanglantés.

Michel se redressa. Il vit qu'André ne bougeait plus. Il ne s'occupa pas de lui et se dirigea d'un pas rapide vers l'autre, le chef, le géant sans âge au costume beige clair, à l'œil noir et aux longs cheveux presque blancs sous le soleil.

Michel avait de nouveau ses deux armes à la main.

Dieudonné se traînait sur le trottoir en rampant. Il parvint à s'asseoir, le dos contre un immeuble, et à prendre son pistolet sous sa veste. Il tira sur Michel et le rata de beaucoup. Michel ne riposta pas, ne s'écarta pas, à peine. Il continua de marcher sur lui du même pas.

Dieudonné sentit ses dernières forces l'abandonner. Il y voyait mal, il ne voyait plus distinctement les choses. Son bras retomba.

Michel fut devant lui, ses pieds touchant presque les siens. Il perçut l'odeur de son parfum, malgré les autres odeurs, de poudre et de sang.

– Est-ce que vous vous reconnaissez coupable du meurtre de Marie Livia-Marcos ? lui demandat-il.

Dieudonné cherchait à distinguer ses traits. Il se demandait qui était cet homme, ce qu'il voulait, pourquoi il le suivait avec tant d'obstination.

C'était un mystère.

Il essaya de parler, mais du sang coula de sa bouche.

On entendit une sirène de police.

Johann Gothenmaschlinbach devait être à l'abri, sauvé, à l'hôtel Cinq-Mars.

Le bruit de la sirène s'amplifiait, mais la rue Simon était encore déserte pour quelques secondes. Michel sentit monter en lui la peur, le froid, les sanglots.

– Répondez ! dit-il.

Dieudonné Bornkagen leva le bras pour tirer, en un geste d'une lenteur irréelle. Michel se raidit et brandit ses armes, prêt à le transpercer de toutes les balles qu'elles contenaient, mais la main de Dieudonné ne lui obéit plus, sa tête tourna sur le côté et il mourut.

DU MÊME AUTEUR

Aux Éditions P.O.L

L'ENFER, *roman*, 1986, *Livre Inter 1986, Gutenberg du meilleur suspense, prix Femina 1986* (Folio n° 4489)

LOIN DE LYON, *sonnets*, 1986

LA MACHINE, *roman*, 1990 (Folio n° 4381)

REMARQUES, *aphorismes*, 1991

LES GRANDES ESPÉRANCES DE CHARLES DICKENS, *essai*, 1994

RÉGIS MILLE L'ÉVENTREUR, *roman*, 1996 (Folio n° 4677)

VILLE DE LA PEUR, *roman*, 1997 (Folio n° 4762)

HISTOIRE D'UNE VIE (Remarques II), *aphorismes*, 1998

CRÉATURE, *roman*, 2000

MOURIR, *roman*, 2002

PETIT TRAITÉ DE LA VIE ET DE LA MORT (Remarques III), *aphorismes*, 2003

CODA, *roman*, 2005

LE REVENANT, *roman*, 2006 (réédition), *Prix de l'été 1981* (Folio n° 4574)

SUR LA TERRE COMME AU CIEL, *roman*, 2006 (réédition), *Grand Prix de littérature policière 1983* (Folio n° 4627)

LE TEMPS MORT, *nouvelles*, 2006 (réédition), *prix Jean Ray 1974*

Aux Éditions Hachette

LIVRE D'HISTOIRE (extraits), 1978

FILM NOIR, *roman*, 1989

Chez d'autres éditeurs

LES TRAITRES MOTS OU SEPT AVENTURES DE THO-MAS NYLKAN, *roman*, 1976, (Flammarion Collection « Textes »)

Traduction

LA TRISTE FIN DU PETIT ENFANT HUÎTRE & AUTRES HISTOIRES (*The Melancholy Death of Oyster Boy & other stories*) de Tim Burton. Traduit de l'américain (Éditions 10/18)

COLLECTION FOLIO

4579.	Harry Mathews	*Ma vie dans la CIA.*
4580.	Vassilis Alexakis	*La langue maternelle.*
4581.	Vassilis Alexakis	*Paris-Athènes.*
4582.	Marie Darrieussecq	*Le Pays.*
4583.	Nicolas Fargues	*J'étais derrière toi.*
4584.	Nick Flynn	*Encore une nuit de merde dans cette ville pourrie.*
4585.	Valentine Goby	*L'antilope blanche.*
4586.	Paula Jacques	*Rachel-Rose et l'officier arabe.*
4587.	Pierre Magnan	*Laure du bout du monde.*
4588.	Pascal Quignard	*Villa Amalia.*
4589.	Jean-Marie Rouart	*Le Scandale.*
4590.	Jean Rouaud	*L'imitation du bonheur.*
4591.	Pascale Roze	*L'eau rouge.*
4592.	François Taillandier	*Option Paradis. La grande intrigue, I.*
4593.	François Taillandier	*Telling. La grande intrigue, II.*
4594.	Paula Fox	*La légende d'une servante.*
4595.	Alessandro Baricco	*Homère, Iliade.*
4596.	Michel Embareck	*Le temps des citrons.*
4597.	David Shahar	*La moustache du pape et autres nouvelles.*
4598.	Mark Twain	*Un majestueux fossile littéraire et autres nouvelles.*
4600.	Tite-Live	*Les Origines de Rome.*
4601.	Jerome Charyn	*C'était Broadway.*
4602.	Raphaël Confiant	*La Vierge du Grand Retour.*
4603.	Didier Daeninckx	*Itinéraire d'un salaud ordinaire.*
4604.	Patrick Declerck	*Le sang nouveau est arrivé. L'horreur SDF.*
4605.	Carlos Fuentes	*Le Siège de l'Aigle.*
4606.	Pierre Guyotat	*Coma.*
4607.	Kenzaburô Ôé	*Le faste des morts.*
4608.	J.-B. Pontalis	*Frère du précédent.*
4609.	Antonio Tabucchi	*Petites équivoques sans importance.*
4610.	Gonzague Saint Bris	*La Fayette.*
4611.	Alessandro Piperno	*Avec les pires intentions.*
4612.	Philippe Labro	*Franz et Clara.*

Composition Nord Compo
Impression Maury
à Malesherbes, le 10 juin 2008
Dépôt légal : juin 2008
Numéro d'imprimeur : 138440
ISBN 978-2-07-034931-9./Imprimé en France.

154944